De Hexenmeister sin Dochter

AF216175

Klaus-Peter Asmussen

De Hexenmeister sin Dochter
un anner Märkens,
nü vertellt up Sleswigsche Geestplatt

Märkens up Platt #3

© 2017 Klaus-Peter Asmussen
Herstellung und Verlag:
BoD – Books on Demand, Norderstedt
ISBN 9783744802888

Wat in düt Book in steiht

De Hexenmeister sin Dochter

Dar is mal en Jung we'n – Klaas hett he heeten –, de is losgahn un will en Deenst söken. Do kümmt em en Mann in'e Mööt, de fraagt em, wonem he hen will. Tja, seggt he, he will rut in de wiede Welt un söken sik en Deenst. Och, seggt de anner, denn kann he ja man foorts mit em gahn, he kann jüst so'n Jung as em bruken. Un he schall uck gude Lohn hebben, seggt he, dat eerste Jahr een Schepel Geld, dat tweete Jahr twee Schepel un dat dritte Jahr dree. Dree Jahr mutt he em deenen, seggt he, un allens doon, wat he em seggen deit, wo snaaksch em dat uck vörkamen mag. Man bang' mutt he nie nich we'n, seggt he, dar is keen Gefahr bi, wenn he man hören will.

Do is dat afmaakt, un Klaas geiht mit de Mann na de sin Hüsen. Un dat is en snaaksche Hüsen, he wahnt in en Barg merrn in't wille Holt. Un Klaas kriggt keen anner Minsch to sehn as blots sin Herr, un dat is en grote Hexenmeister, he hett grote Macht oever Minschen un Deerten, dat is ganz gresig.

De neegste Dag schall Klaas sin Deenst anfangen. Dat eerste, wat de Hexenmeister em updrägen deit, is, he schall all de wille Deerten fuddern, de hett de Hexenmeister bannt. Dar sünd Wülf un Baren, Hirschen un Hasen, de hett de Hexenmeister in Flocks tohopensammelt un hett se denn in sin Stall bröcht, de is ünner de Eerde un is woll een Miel lang un breet. Liekers deit Klaas sin Arbeit in een Dag, un de Hexenmeister laavt em un seggt, he hett dat recht guut maakt.

De neegste Morrn seggt de Hexenmeister to em, vundaag moeten de Deerten nich fuddert warrn, se kriegen nich elkeen Dag wat. Nu kann he gahn un spelen, bet se wedder schoe'n wat to freten hebben. Denn seggt de Hexenmeister en paar Wöör to em – verstahn deit he se nich – un do is mitmal ut de Jung en Haas wurrn, un de Haas springt rut in't Holt.

Dar kann he fein springen, man dat deit uck nödig, un he mutt düchtig lopen. Wenn em een süht, denn will de up em schöten, un de Hünne jagen achter em ran, so draa se sin Spoor funnen hebben. He is ja nu dat eenzigste Deert in't Holt, de annern hett de Hexenmeister ja all nedden in sin Stall insparrt, un so hebben all de Jägers in't Land grote Lust, un brennen em mal een up't Fell. Man dar ward nix vun, keen Hund kann em faatkriegen, un keen Jäger kann em drapen. Se schöten ümmer vörbi, un de Haas löppt un springt ümmer wieder weg. Das is ja en unruhige Leven, man bi lütten wennt he sik dar an, he markt ja, dar is keen Gefahr bi för em. Toletzt maakt em dat richtig Spaaß un holen all de Jägers un se's Hünne vernarr, so dull as se achter em ran sünd.

Sodennig geiht dat en heele Jahr, un as dat rum is, do röppt de Hexenmeister em na Huus, he steiht ja jüst so in sin Macht as de anner Deerten. Denn seggt de Hexenmeister wedder en paar Wöör to em – de versteiht he uck wedder nich – un foorts ward de Haas wedder to en Minsch. Wodennig em de Deenst bi em gefallen deit, fraagt de Hexenmeister, un wodennig em dat gefallen deit un we'n en Haas. O, dat gefallt em recht guut, seggt Klaas, so gau hett he noch nie nich lopen kunnt. Do wiest em sin Herr de Schepel Geld, de he al verdeent hett, un Klaas is dat recht un deenen em uck dat neegste Jahr.

An'e eerste Dag vun't nüe Deenstjahr hett he desülve Arbeit as dat Jahr darvör: He mutt wedder all de Deerten in de Hexenmeister sin Stall fuddern. As he dar ferdig mit is, do seggt de Hexenmeister wedder en paar Wöör to em, un do ward he to en Kreih un flüggt hooch in de Luft. Dat is recht wat för em, nu kann he noch vel gauer wieder kamen, as he dat hett as Haas kunnt, un dar koenen em uck keen Hünne jagen, he kann rein to'n Vergnögen rumfleegen. Man he markt bald, dar hett he uck keen Freden, wenn dar uck keen Gefahr bi is för em. All de Jägers, wenn se em to sehn kriegen, leggen up em an un ballern los, dar is ja wied un sied keen anner Vagel to sehn as de dare Kreih, de Hexenmeister hett se ja all infungen.

Man uck dar wennt he sik an, as he marken deit, se koenen em nich drapen. So flüggt he dat heele Jahr rum, bet de Hexenmeister em wedder röppt, un denn seggt he wedder en paar Wöör to em un he ward wedder en Minsch. Wodennig em dat gefallen deit un fleegen as Kreih rum, fraagt de Hexenmeister em. O, seggt he, dat is ganz fein, fröher hett he nie nich so hooch in de Luft rupkamen kunnt. Do wiest de Hexenmeister em de twee Schepel Geld, de he düt Jahr verdeent hett, de stahn nu blangen de Schepel vun't eerste Jahr. Un do blifft Klaas geern noch en Jahr in de Hexenmeister sin Deenst.

De neegste Dag kriggt Klaas wedder sin ole Arbeit: He mutt all de wille Deerten fuddern. Un as he dat daan hett, do seggt de Hexenmeister wedder en paar Wöör to em, un ut de Jung ward en Fisch, de springt rut in de Bek. Dar swümmt he denn in up un dal, un dat maakt em bannig Spaaß un laten sik so drieven mit de Stroom. Upletzt swümmt he bet rut in de See, un denn ümmer wieder, un do kümmt he mal an en Slott ut Glas, dat steiht nedden up'e Grund vun de See. He kann rin-kieken in all de Stuven un Saalen, un fein süht dat dar binnen ut. All de Kraamstücken sünd ut witte Wall-fischknaken maakt un inleggt mit Gold un Parlen un pulstert mit weeke Küssens in alle Klören, un rundum liggen Teppichen, de sehen ut as dat weekste Moss. Un dar sünd uck Blöme un Böme, de hebben Telgens un Twiegen, de sünd snaaksch krumm, un sünd grön un gel un root un witt. Lütte Springborns kamen ut apatti-ge Snickenhüser un laten se's Water in klare Muscheln dalfallen, un dar maken se en feine Musik mit, de klingt in dat heele Slott. Man dat feinste is doch en lütte junge

Deern, de geiht dar heel alleen in't Slott rum. Se geiht vun een Stuuv in de anner, man dat lett nich so, as freue se sik to all de Staat. Se geiht so trurig un alleen, dat fallt ehr nich mal in un speegeln sik in de blanke Glaswänne um ehr rum, un se is doch dat Smuckste un Nüdlichste, wat dar to sehn is. Dat dücht de Jung uck, de dar rund um't Slott swümmen deit un dar vun alle Sieden rinkickt.

Do will he doch teinmal leever en Minsch we'n as so'n stackels stumme Fisch, as he dat nu is, seggt Klaas to sik sülven. Wenn he dar doch bloots up kamen kunn, denkt he, wat de Hexenmeister ümmer för'n Wöör seggt, wenn he em verhexen deit. Un he swümmt un gruwelt un denkt na, un upmal fallt em dat in, wat de Hexenmeister seggt hett. Foorts probeert he dat ut un seggen se liesen vör sik hen – un swupp! steiht he as Minsch nedden up'e Grund vun'e See.

Do süht he to un kamen rin in dat Slott ut Glas un geiht hen na de junge Deern un snackt ehr an. De fallt ja meist doot um vör Schreck. Man he snackt so fründlich mit ehr un vertellt ehr, wodennig he dar dal kamen is, do verhaalt se sik gau wedder. Un denn freut se sik, dat dar nu een bi ehr is un se nich so alleen we'n mutt. Nu geiht de Tied för de beiden so gau, Klaas – he is nu ja al en junge Mann un lang' keen Jung mehr – Klaas vergitt heel un deel, wo lang' he al dar we'n is.

Een Dag seggt de Deern to em, dat ward Tied, dat he wedder ward to en Fisch. De Hexenmeister röppt em bald, seggt se, un denn mutt he weg, man eerst mutt he en Fisch warrn, anners kümmt he nich lebennig dör de See. Man se hett em al vörher vertellt, se is en Dochter to de dare Hexenmeister, 'nem Klaas bi deenen deit, de hett ehr dar ünnen insparrt, dat se seker is un dar keeneen bi ehr kamen kann. Nu hett se dar Raat för funnen, wodennig se dat koenen to Schick kriegen, dat se sik weddersehn koenen un vellicht Verlööv kriegen un blieven tosamen. Man dar mutt en Barg bi in acht nahmen warrn, un he schall nipp un nau uppassen, wat se em seggen deit.

Do vertellt se em, all de Königen in de Länner rundherum sünd ehr Vadder, de Hexenmeister, en Barg Geld schüllig. Un de König vun dat un dat Riek – un se seggt em de Naam – de mutt as neegste betahlen, un kann he dat nich to rechte Tied, denn so kriggt he de Kopp af. Un he kann nich betahlen, seggt se, dat weet se wiss. Nu schall Klaas sin Deenst bi ehr Vadder upseggen – de dree Jahr sünd ja rum, un he kann wiedertrecken – un denn schall he sin söss Schepel Geld nehmen un in dat dare Konigriek wannern un in Deenst gahn bi de dare Konig. Wenn dat nu so wied is, seggt se, un de König schall sin Schulden betahlen, denn ward Klaas dat sachs wies, dat de König lett de Ohren hängen. Denn schall he to em seggen, he weet, wat em up'e Seel liggt, dat is dat Geld, wat he de Hexenmeister schüllig is, man nich betahlen kann – denn se weet, seggt se, he hett dat nich. Man he, Klaas, kann de König dat lehnen, dat sünd jüst söss Schepel, un de hett he ja. Man he schall em dat Geld bloots lehnen, wenn de König em toseggt un nehmen em mit, wenn he na ehr Vadder geiht un betahlen will, un he schall em Verlööv geven, dat he as Hoffnarr vörutlopen deit.

Wenn he denn ankümmt bi de Hexenmeister, seggt se, denn schall he allerhand Hansbunkentoeg anstellen un wecke Finstern inhaun un all so'n Saken utfreten. Dar ward ehr Vadder splidderndull oever, seggt se, un en König mutt dar ja för instahn, wat sin Narr utfreten deit, un so ward ehr Vadder to de König seggen, he mutt up dree Fragen richtig antern, anners kost't em dat sin Leven. De eerste Fraag is, wonem sin Dochter is. Denn schall Klaas vörgahn un seggen, se is up'e Grund vun'e See. Denn fraagt de Hexenmeister, um he ehr kennen kann, un he schall „Ja" seggen. Denn kümmt ehr Vadder an mit en Barg Fruunslüüd, dar schall he ehr rutkennen, man dat kann he nich, seggt se, un darum will se em an'e Arm tucken, dat he dat markt, un denn schall he ehr foorts faat kriegen un fastholen. Denn hett he al de eerste Fraag löst.

Denn fraagt ehr Vadder, wonem sin Hart is, un denn schall he seggen, dat is in en Fisch. Um he kennt de dare Fisch, fraagt he denn, un denn schall he wedder „Ja" seggen. Denn lett ehr Vadder all Slag'en ankamen, un he schall de richtige rutsöken. Man denn will se uppassen, dat se blangen em steiht, un kümmt de rechte Fisch, denn so will se em en lütte Knuff geven, un denn schall he 'n griepen un gau upsnieden. Denn is dat vörbi mit de Hexenmeister, seggt se, un he stellt keen Fragen mehr.

Nu hett Klaas ja hört, wat dar to doon is, nu mutt he dar bloots noch up kamen, wat de Hexenmeister ümmer seggt hett, för un maken em vun en Minsch to en Deert. Man dat hett he vergeten, un de Hexenmeister sin Dochter weet dat uck nich. Heel verbiestert geiht he de ganze Dag rum un denkt un denkt un gruwelt, man he kann un kann dar nich up kamen. He kann de heele Nacht nich slapen, eerst hen to Morrn drusselt he so'n beten in. Un do geiht em mitmal en Licht up, un dat fallt em in, wat de Hexenmeister ümmer hett seggt. Gau seggt he dat, un foorts ward he to en Fisch un glitt rut in'e See. He is man knapp buten, do röppt de Hexenmeister em uck al, un do swümmt he gau dör de See un rin in'e Bek, un dar steiht de Hexenmeister an't Över un seggt de Wöör, de he ümmer seggt hett, un maakt em wedder to en Minsch.

Na, fraagt de Hexenmeister, wodennig em dat denn behaagt hett un swümmen as Fisch rum. Tja, seggt he, dat hett em noch an allerbesten gefullen, un dat is wiss nich lagen. Do wiest de Hexenmeister em de dree Schepel Geld, de he dat Jahr verdeent hett, un he seggt, nu will he doch wiss noch en Jahr bi em deenen, denn kriggt he söss Schepel, seggt he, denn hett he twölf, dat is doch en feine Lohn. Nee, seggt Klaas, nu hett he de Näs vull un dankt de Himmel, dat de Tied um is, nu lengt he dar na un deenen annerwegens un sehn anner Lüüd un wodennig de dat hebben. Man laterhen, seggt he, denn kümmt he vellicht noch mal wedder. Jo, seggt de Hexenmeister, he is em ümmer willkamen. Un Klaas hett em ja dree Jahr truu deent, as se dat afmaakt hebben, un so kann he dar ja nix gegen seggen, dat he gahn will.

Do kriggt he sin söss Schepel Geld, un denn geiht he liek hen na dat Königriek, 'nem sin Leevste em vun vertellt hett. He vergraavt sin Geld an en passliche Stä' nich wied af vun de König sin Hoff. Denn geiht he rin in't Slott un fraagt um en Deenst. Do ward he Stall-knecht un mutt de König sin Perde passen. Dat duert nich lang', do markt he, wo de König de Ohren hängen lett un nie nich vergnöögt is. Mal kümmt he wedder in'e Stall, un do is dar keenen dar as Klaas, de Stallknecht. Un do fraagt Klaas em, warum he ümmer so trurig is. Och, seggt de König, dat nützt ja nix, wenn he em dat vertellen deit, he kann em ja doch nich helpen. Tja, seggt Klaas, dat kann he ja nich weeten. He weet nipp un nau, seggt he, wat de König so swaar up't Hart lig-gen deit, un he weet dar sogar Raat för. Süh, dat is denn ja wat anners, un do snackt de König wieder mit em, un Klaas seggt, he will em de söss Schepel Geld lehnen, man denn mutt de König em toseggen, dat he em will mitnehmen un as Hoffnarr vörut lopen laten. He will noch allerhand Hansbunkentoeg anstellen, seggt he, un dar mutt de König bi de Hexenmeister för instahn. Man he, Klaas, will dar wiss för sorgen, dat de König nix tostött. Dar seggt de König geern „Ja" to, un dat ward uck Tied un maken sik up'e Socken.

Do kamen se na de Hexenmeister sin Hüsen, man do is de nich in'e Barg, nee, baven up steiht en grote Slott, dat hett Klaas noch nie nich sehn. De Hexenmeister kann ja sehn laten un verswinnen laten, as he dat will. Un na all dat, wat he belevt hett mit de Hexenmeister, do wunnert Klaas sik keen Spier. As se denn ganz dicht bi't Slott sünd – dat süht ut, as wenn dat ut idel Glas is –, do löppt Klaas vörut as de König sin Hoffnarr. He springt vörwarts un rüggwarts, mal steiht he up'e Kopp un mal up'e Beens, un dar haut he so vel grote Ruten un Glasdören twei bi, dat is gresig, un he smitt um, wat he man kann, un maakt allens twei.

De Hexenmeister kümmt nu ja rutstört't un is splidderndull, un he putzt de König runner as en ole Plünn, dat he so'n unbannige Narr mit hett. Un he schimpt, de König kann em ja nich de lüttste Schaden ersetten, he kann ja nich mal sin ole Schulden betahlen. Do mischt de Hoffnarr sik in. O doch, seggt he, dat kann he. Un do rückt de König rut mit de söss Schepel Geld, de hett Klaas em ja lehnt. De warrn denn afmeten, un dat stimmt up'e Prick. Süh, dar hett de Hexenmeister ja nich mit rekent, man he kann dar nix gegen seggen. De ole Schuld is nu richtig up Gröschen un Penning betahlt, un de König kriggt sin Schuldschien wedder. Man de Schaden vun hüüt, de is ja nich guutmaakt, un de König hett uck nix un betahlen dat mit. Do seggt de Hexenmeister, he mutt up dree Fraagen richtig antern – de will he em upgeven – un kann he dat nich, denn so schall he doch noch de Kopp afhebben, so as dat stahn hett in de ole Schuldschien.

Do blifft em ja nix anners na, he mutt versöken un lösen de Hexenmeister sin Radels. De Narr stellt sik dicht blangen em un luert up de Hexenmeister sin Fragen. Wonem sin Dochter is, fraagt de toeerst. Se is ünnen up'e Grund vun'e See, seggt de Narr. Wonem he dat vun weet, fraagt de anner. Dat hett de lütte Fisch sehn, seggt Klaas. Um he ehr kennen kann, fraagt de Hexenmeister. O ja, seggt Klaas, he schall man ankamen mit ehr. Do lett de Hexenmeister en ganze Reeg Deerns an em vörbigahn, een achter de anner, man dat sünd all man Schattens un Blendwark. Meist as letzte kümmt richtig sin Dochter. Un se tuckt Klaas in Vörbigahn, dat he dat markt: Se knippt em sodennig in'e Arm, meist harr he upschriet. Man dat deit he leever nich, he kriggt ehr um't Liev tofaten un hollt ehr fast. Nu süht he dat uck al sülven, dat is de richtige, un de Hexenmeister mutt ingestahn, dat eerste Radel is löst.

Denn fraagt he wieder, wonem sin Hart is. Dat is in en Fisch, seggt de Hoffnarr. Um he uck kennt de dare Fisch, fraagt de Hexenmeister. Ja, seggt Klaas, he schall 'n man herkamen laten. Do kamen dar allerhand Fisch vörbiswummen, un bi dat steiht Klaas sin Deern, de Hexenmeister sin Dochter, blangen em. Ganz toletzt kümmt de rechte Fisch, un do gifft se em en lütte Knuff, un he grippt sik de Fisch, kriggt sin Mess rut, slitzt de Fisch up, ritt dat Hart rut un snitt dat merrn dör.

Do fallt de leege Hexenmeister doot um un basst ut'n-anner in luder Flintsteens. Un in't sülvige bassen all de Fesseln, de de Hexenmeister leggt hett, un all de wille Deerten un Vageln, de he hett infungen un insparrt hatt ünner de Eerde, de kamen nu all rut un verdeelen sik in't Holt un in'e Luft. Un Klaas geiht mit sin Deern in dat Slott rin, dat hört se nu ja to, un dar maken se Hochtied. Un all de Königen ut de Länner rund umto, de hebben ja all bi de Hexenmeister in de Kried stahn, man nu sünd se se's Schulden los, de kamen nu all to Hochtied, un se maken Klaas to se's Kaiser. Un he regeert oever se in Freden, un he levt mit sin smucke Fru Kaiserin lustig un fideel in't Slott. Un sünd se nich dootbleven, denn so leven se woll noch.

Aschenpüüster

Dar is mal en rieke Mann we'n, de is sin Fruu dootble-
ven. Man he hett een eenzige Dochter hatt, un de is ran-
wussen un smuck un sööt we'n. Do kriggt de Vadder dat
miteens mit de Leev to ehr, man se lett em nich an sik
ran, dat is ja doch ehr eegne Vadder we'n. Toletzt will
he ehr mit Gewalt nehmen, un do lett se sik wat infal-
len, wodennig se em oeverdüveln kann: Se seggt em to,
se will em to Willen we'n, wenn he ehr en Kleed geven
deit, wat alleen stahn kann vun idel Sülver. Dat kriggt
se, man do will se een hebben, wat stief is vun Gold.
Uck dat kriggt se, un do will se een hebben, wat stahn
kann vun idel Eddelsteens. As se dat uck kregen hett,
do seggt se, nu fehlt se bloots noch en Kreihenpelz, un
denn is dar noch een Deel, wat se geern hebben will: en
Wünschrood, un uck de kriggt se.

Nu hett dar in en Land en smucke Königssoehn wahnt,
dar hett de smucke Deern vun hört. Se nimmt nu ehr
Rood in de Hand un ehr Kledaschen up'e Schuller, un
denn wünscht se sik hen bi de Königssoehn sin Slott.
Boots is se foorts in'e Slottsgaarn. Do wünscht se sik en
Schapp in en Eekboom in'e Gaarn, dar deit se ehr dree
Kleeder rin, treckt de Kreihenpelz an un geiht hen na
de Slottskoek. Se is en arme Jung, seggt se, un se söcht
en Deenst. Jo, seggt de Kock, ehr kann he bruken, se
schall Aschenpüüster warrn. En paar Daag later
kümmt de Königssoehn na de Koek rin un bringt en
Stück Wild, dat hett he schaten. Un as se em süht, do
mag se em so bannig geern lieden.

Nich lang' darna is dar en Hochtied up en Slott nich
wied af, un dar fahrt de Königssoehn uck hen. En Barg
Lüüd lopen hen un kieken to, un do fraagt Aschenpüüs-
ter uck de Kock um Verlööv un kieken to. Un denn löppt
se hen na de Eek, treckt dat Sülverkleed an un wünscht
sik en Waag, dar fahrt se mit hen na dat Slott. De Prinz
süht ehr dar un danzt mit ehr. Man as se en paarmal

tosamen danzt hebben, do is se mitmal weg. Se sett sik
up ehr Waag un seggt:

> „Achter mi düster un vör mi klaar,
> dat keeneen süht, 'nem hen ik fahr."

An'e neegste Morrn hett de Königssoehn denn ja bannig
slechte Luun. He hett de heele Nacht keen Oog tokre-
gen un hett ümmerto bloots an sin smucke Danzdeern
dacht. Aschenpüüster mutt em de Steveln putzen. Dat
deit se uck, man en lüerlütte Plack up'e Tehns, de ward
nich putzt. Dat ward de Königssoehn ja wies, un do
kümmt he na de Koek rin un smitt ehr de Steveln an'e
Kopp.

An'e neegste Avend ward wedder danzt, un Aschen-
püüster fraagt wedder de Kock um Verlööv. Dütmal
treckt se dat gollne Kleed an, un denn fahrt se dar hen
in'e Waag. De Königssoehn hett al utkeken na ehr, un
as se kümmt, do ward he bannig vergnöögt. As he mit
ehr danzen deit, do fraagt he ehr, wonem se to Huus is.
In Stevelsmiet, seggt se. Een Stünn blifft se dar, denn is
se mitmal weg. Un de Königssoehn mag fragen so vel as
he will, wonem Stevelsmiet liggen deit, keeneen kann
em dat seggen.

De Königssoehn kriggt de Nacht wedder keen Oog to,
un de anner Morrn is he noch vergrellter as de Dag
darvör. Do mutt Aschenpüüster em de Rock afbörsten,
man se kann em dat nich recht maken, un toletzt smitt
he ehr de Börst an'e Kopp.

An'e drütte Avend – Aschenpüüster hett wedder fraagt
um Verlööv un kieken to bi't Danzen – do treckt se ehr
Kleed an mit de Eddelsteens. As he mit ehr danzt,
fraagt de Königssoehn, wonem se wahnen deit. In Bör-
stensmiet, seggt se. Un de Königssoehn seggt, wokeen
se uck we'n mag, se schall sin Ring annehmen, un do
lett se sik de Ring an'e Hand steken. Denn will se ut-
neih'n, man de Königssoehn passt ehr up un fahrt dicht

achter ehr her. Bi de Eek stiggt se ut de Waag, man se hett keen Tied mehr un trecken dat Kleed ut, se treckt dar blots gau de Kreihenpelz oever.

An'e neegste Morrn maakt de Kock de Supp t'recht, un do lett Aschenpüüster de Ring dar rinfallen. De Königssoehn finnt 'n denn ja un fraagt, wokeen dar is in de Koek we'n. Keeneen as he un Aschenpüüster, seggt de Kock. Do lett he Aschenpüüster kamen. Em juckt dat up'e Kopp, seggt he, se schall mal nakieken, um he hett Lüüs. Se deit dat, man as se so vör em steiht, do süht he ünner de ole Kreihenpelz dat demantene Kleed rutlüchten. Do kennt he ehr wedder. Nu is se sin, seggt he, un do maakt he Hochtied mit ehr. Un se hebben glücklich tosamen levt bet se dootbleven sünd.

Nich een Woort Wahrheit.

Vör lange, lange Tied sünd dar mal dree Bröder we'n. Twee darvun sünd Jägers we'n, dat heet se weern Kruupschütten, man de jüngste hett nix vörhatt, em hebben se vör doesig holen. Nu hebben de beide öllsten sik wat anwennt hatt, wat se's Fruunslüüd nich passt hett: Se hebben dar nie nich wat vun mitbröcht, wat se schaten hebben, se hebben sik dat ümmer in't Holt an en Füer braden un sik dat dar guut gahn laten. Toletzt langt de beide Jägers se's Fruuns dat, un do maken se sik dat af, se woe'n se's Mannslüüd mal up'e Jagd gahn laten ahn Füertüüg.

En paar Daag later maken de beide Bröder sik richtig klaar un gahn up'e Jagd, un se ahnen nich, dat dat Füertüüg nich mehr in se's Rucksack is. Dütmal kümmt uck de doesige Hans mit, un dat is se ganz recht, sodennig hebben se doch en Barg Spaaß.

Se kriegen düchtig wat schaten, un denn setten se sik dal ünner en gewaltige Eek deep in't Holt, un dar woe'n se sik fein wat to eten maken. Man wat sünd se verbaast, as se in se's Rucksack nich koenen se's Füertüüg finnen. Wovel Möögde se sik uck geven un wo grantig se warrn, dat helpt all nix. Uck mit Schimpen un Schafutern lett sik dat Füertüüg nich in'e Rucksack hexen. Toletzt ward de öllste Broder Qualmwulken wies, un 'nem Rook is, denkt he, dar is Füer, uck deep in't Holt. Blied snackt he de twete Broder to, he schall dar hengahn, un dat deit de uck geern. De öllste blifft mit de doesige Hans t'rügg, man de gluupt bloots stuur in'e Bek, de dar dicht bi lang löppt.

De tweete Broder kümmt bald an'e Stä', 'nem se hebben de Rook hochstiegen sehn, un do sitt dar en lütte, griese Mann up en gewaltige Boomstamm, de sin Ogen sünd meist nich to sehn, so'n grote, buschige Ogenbruen hett he.

De Jäger bütt em de Dagstied, un de lütte Mann dankt em. Um he em nich will en beten Füer geven, segt de Jäger. Jo, seggt de anner, so vel, as he will, man blots, he mutt em eerst en Märken vertellen, 'nem nich een Woort Wahrheit in is.

De Jäger is inverstahn un fangt an un vertellt en snaaksche Märken. Man dat is de lütte Mann mit de Strohdackbruen nich na de Mütz, un do mutt de Jäger sik ahn Füer, man mit en arige Swaartvull afglieden. As he denn t'rügg geiht na sin beide Bröder, do denkt he dar nochmal oever na, un he meent, he will man leever nich vertellen, wodennig em dat gahn hett. Un so vertellt he denn, he is lang rumbiestert, man de Füerstä' hett he nich funnen.

De Öllste paßt dat nich, dat he so lang' hett töven mußt, un do geiht he sülven afste' un geiht liek up'e Rook to. Man nich lang', do kümmt he uck t'rügg ahn Füer. Vertellen deit he dat nich, wat em mallöört is, man de tweete Broder weet dat ja uck so, un do maken se sik af, se woe'n de doesige Hans uck sin Fellvull tokamen laten. Un se bruken Hans gar nich eerst wat seggen, he geiht al vun sülven los.

En paar Minuten later bütt Hans uck de lütte griese Mann de Dagstied, jüst so fründlich as sin beide Bröder, un seggt, de Ole schall em doch man Verlööv geven un nehmen sik en beten Füer vun sin Heerd. Ja, seggt de Ole, man eerst schall he em en Märken vertellen, 'nem nich een Woort Wahrheit in is, anners kriggt he keen Füer, denn kriggt he en Swaartvull.

Dar is Hans mit inverstahn. He stellt sik liek oever vör de Mann hen un fangt an: Ehrer he is baren we'n, seggt he, do hett sin Mudder em al losschickt un halen en paar Lünken to Avendkost. He is denn to Holts gahn, un dar hett he gau en holle Boom funnen, un do hett he dacht, dar sünd wiss Lünken in. He hett neeger tokeken, seggt he, un do is he richtig en ganze Nest vull lütte Lünken wies wurrn. He hett sik denn dör dat Lock in'e Boom rinquetscht, seggt he, hett de Lünken in'e Tasch staken, un denn hett he wedder rutkrupen wullt, man dar hett en Uul seten hatt. Do is he gau na Huus lapen, seggt he, un hett sik en Äx haalt, dar hett he dat Lock mit grötter maakt, dat he dar dör kunn, un denn is he na Huus gahn.

Ünnerwegens, seggt he, do is em en Perd bemött, dar hett he sik rupsett, dat sin Mudder doch gauer kunn to de Lünken kamen. As he do so henreden is, seggt he, do hett de Äx – de hett he ja in sien Reem hatt – de dare Äx hett dat Perd ünner em in twee Stücken haut. Do hett he sin Äx nahmen, seggt he, un en Stück Holt, un hett de beide Hälften tohopenklütert, un denn is he wieder reden. Nu hett he sik mal umkeken, seggt he, un do is he wies wurrn, ut dat lütte Stück Holt, 'nem he de beide Hälften mit tosamenklütert hett, dar is en grote Boom rutwussen, de hett rup reckt bet an'e Heven.

Do is he an'e Boom tohööcht klarrt, seggt he, un do is he richtig rupkamen in'e Heven. Dar hett he sik allens nipp ankeken un hett denn wedder dalstiegen wullt. Man as he dar anlangt is, 'nem he hoochkamen is, do hett he sehn, dat Perd mit de Boom is weg. Do hett he nich lang' oeverleggt, seggt he, he hett sik en Reep dreiht, un dar hett he sik mit dalfiert. Man dat is to kort we'n, seggt he, un do hett he baven en Stück afreten un dat nedden wedder anspleißt, un sodennig is he dalkamen, un do is he gau na Huus lapen un hett sin Mudder de Lünken bröcht. As se sik do hett satt eten hatt, do hett se em to Welt bröcht.

As Hans de dare Geschicht to Enne vertellt hett, do kriggt he sin Füer un kann gahn.

De beide Bröder

Dar is mal en Vadder we'n, de hett twee Soehns hatt; de öllere hett Jan heeten, de jüngere Hans. As se nu sünd groot un stark wurrn, do seggt de Vadder to se, se schoe'n man in'e Frömm gahn un sehn un versorgen sik sülven. Un se schoe'n guut we'n to'nanner, un de mehr hett, de schall de anner wat afgeven. Un wenn een krank ward oder arm, denn so schall de anner em bistahn un em helpen. Do seggen de beide Bröder se's Vadder adjüs un gahn mit'nanner afste'.

As se denn an en Krüüzweg kamen, do seggt Jan – de hett en leege Hart hatt – do seggt he to Hans, se woe'n elkeen för sik gahn, un elkeen schall för sik sülven sorgen. Un een Deel will he em man seggen: Wenn se sik wedder bemöten un Hans is arm un he, Jan, is riek, denn so will he em doothau'n, dat he nich mutt för em sorgen, as se's Vadder dat wullt hett. Un geiht dat anners rum, seggt he, denn so schall Hans dat jüst so maken. As Jan dat seggt, do verfehrt Hans sik, he is ja en gude Jung we'n, man denn denkt he, de leeve Gott ward dat al recht maken, un do seggt he sin Broder adjüs.

Um un bi een Jahr is vergahn, do schechelt Hans in en frömde Land langs de Straat, keen Broot, keen Geld in'e Tasch un in plünnige Tüüg, he hett keen Stä' Arbeit funnen. Do süht he en Kutsch ankamen, dar sitt en vörnehme Herr in, fein in Tüüg un rund un gesund, em sprickt Hans an um en Gröschen Tehrgeld. Dat is sin Broder Jan, man Hans kennt em nich. De hett sik in korte Tied en Barg Geld tohopenklaut un tohopengaunert un kann nu in sin eegne Kutsch fahren un sik dat guut gahn laten, un sin Broder mutt bedeln. De Rieke kennt sin Broder ja foorts, un do ward he dull un springt ut de Waag, kriggt em faat un seggt, um he em nich kennen deit. He is sin Broder Jan, seggt he, un nu geiht em dat an'e Kraag, so as se dat afmaakt hebben.

Do ward Hans bang' un seggt, he schall em doch man leven laten. Na, seggt Jan, an't Leven will he em woll laten, man de Ogen will he em utsteken, dat he em nümmer nich kennen kann un em to Last fallt. Un dat deit he denn uck. Un denn slept he em hen na en Galgen un binnt em dar an fast. Dar lett he em denn t'rügg un fahrt afste'.

De stackels blinne Hans weet ja gar nich, wat för'n leege Stä' he is. He föhlt um sik rum, un do markt he, he sitt ünner en holten Balk. Do denkt he, dat is en Krüüz, un he dankt de Himmel, dat sin Broder em tominnst hett ünner en Krüüz anbunnen. De leeve Gott is bi em, seggt he bi sik, un de ward em al helpen.

As dat nu to Nacht geiht, do hört he Flünkenslag oever sik. Dat sünd dree Kreihen, de setten sik dal up de Balk vun'e Galgen. Un denn fangen se an un snacken, un de eene fraagt, 'nem de anner herkamen deit. Ja, seggt de, se kümmt vun Noorden. Wat se denn Nües bringen deit, fraagt de eerste wieder. Och, seggt se, de König sin Soehn hett sik beide Ogen toschannen fullen, un de König will geern sin halve Königriek hengeven, wenn daar een is un kann em helpen, man wokeen dat woll al weet? Oh, seggt de eerste, dat weet se. Dar ünner de Galgen, seggt se, dar wasst Gras, dar fallt denn un wenn Dau up, un wenn 'n dar wat vun up de Ogen vun en Blinne striken deit, denn so kann de wedder kieken.

Do geiht de Fraag an de neegste, 'nem se herkamen deit. Ja, seggt de, se kümmt vun Süden. Wat se denn Nües mitbringen deit? Och, seggt se, dar is en rieke Eddelmann, de hett in sin Gaarn en Boom, dar wassen sülverne Ber'n an, man wenn se anfangen un warrn riep, denn so fallen se dal un warrn to Stoff un Asch. De Eddelmann will geern de halve Ber'n afgeven, wenn em een seggen kann, wat 'n dargegen doon kann, man wokeen weet dat al? Oh, seggt de drütte, dat weet se. Ünner de Boom, seggt se, dar liggt so'n gresige Deert vun

Peit, de mutt 'n bloots utgraven un to Asch verbrennen un de Asch denn in de Wind streuen.

Nu fragen se de drütte, wonem se herkamen deit. Ja, seggt se, se kümmt vun Westen. Wat se denn Nües bringt. Och, seggt se, in en dichte Holt, twischen dree Bargen, dar steiht en Sarg ut Glas, dar liggt en Königsdochter in un slöppt al en paar hunnert Jahr. Up ehr Tung, seggt de Kreih, dar liggt en lütte Stück vun en giftige Appel, un de dat rutnehmen kann, de bringt ehr wedder in't Leven, man wokeen dat woll weet. Oh, seggt de eerste Kreih, dat weet se. Do mutt 'n dree Feddern vun de Vagel Griep halen, un dar mutt 'n de Königsdochter mit oever de Mund strieken. Man de Vagel Griep verlangt sachts för elkeen Fedder en sülverne Ber.

As de dree Kreihn dat seggt hebben, do hört Hans wedder Flünkenslag, un do fleegen de Kreihen weg. Hans tütert sik nu bilütten los, un denn böögt he sik dal un plöckt sik en lütte beten Gras af un strickt sik dar oever de Ogen mit. Do kann he miteens wedder kieken, un de Maand un de Steerns lüchten wedder för em, un dar dankt he de leeve Gott för. Denn sammelt he in en Schöör so vel vun de dare Dau, as he man kann, un dat denn afste' na Noorden, hen na de König mit sin blinne Soehn.

He is nich vele Daag gahn, do hört he en Utroper, de gifft bekannt, de de König sin Soehn wedder sehen maakt, de schall dat halve Königriek hebben. Do weet Hans, he is recht gahn. He lett sik foorts na de König sin Slott bringen un seggt, he will de Königssoehn gesund maken. Dat hören se ja geern. Un do strickt he wat vun de Dau up de Königssoehn sin Ogen, un do kann de wedder kieken. Un de König hollt sin Woort un gifft em sin halve Königriek. Man Hans seggt, dat will he nich foorts hebben, se schoe'n dat man guut för em verwahren, bet he wedderkamen deit.

Denn treckt Hans wieder, liek na Süden. Nich lang', do hört he vun de rieke Eddelmann un vun de Boom mit de sülverne Ber'n. Do mellt he sik bi em un vertellt em, wat dar to doon is. Do graven se de Peit ut un verbrennen 'n, un de Asch streuen se in'e Wind. Un as se denn en riepe Ber plöcken, do blifft de idel Sülver un fallt nich to Stoff. Do will de Eddelmann foorts de Ber'n mit em deelen, man he söcht sik bloots de dree smucksten dar mang rut, un denn treckt he wieder, hen na de Vagel Griep.

Do wiesen se em de Weg na Westen. Un as he en ganze Reeg vun Daag gahn is, do kümmt he an twee Bargen, de gahn ümmer tosamen, un he mutt doch dörch. Do röppt he, se schoe'n em doch dörchlaten. Jo, seggen se, dat woe'n se woll, wenn he will de Vagel Griep beden, dat se still stahn dörven. Jo, seggt Hans, dat will he geern doon, un do laten se em dörch.

As he wedder en Tied gahn is, do kümmt he an en grote See, un up de anner Siet liggt de Vagel Griep sin Slott. Do kümmt dar in en Noetschell so'n lütte, ole, grimmige[1] Wief anschippern. Se schall em man oeversetten, röppt Hans. Ja, seggt se, dat will se doon, man he schall de Vagel Griep fragen, wo lang' se dar noch oeversetten schall. Ja, seggt Hans, dat will he doon, un do stiggt he in un lett sik oeversetten.

As he denn in't Slott rinkümmt, do is de Vagel Griep jüst nich to Huus, man nich lang', do bruust dat vun wieden as en Storm, un de Vagel Griep kümmt neeger un verdeckt mit sin breede Flünken de Sünn un dat ward heel düüster. Do ward Hans doch benaut, un he verstickt sik. Man de Vagel Griep, as de dalkamen is ut de Luft, do seggt he foorts, he rüükt Minschenfleesch, un dat seggt he noch en paarmal un snüffelt dar rum. Do kümmt Hans ut sin Eck rutkrupen un seggt to de

---

[1] grimmig = hässlich (dän. grim)

Vagel Griep, wenn he em will in dree Beden to Willen we'n, denn so will he em dree sülverne Ber'n geven. Na, seggt de Vagel Griep, denn man to, dat will he woll. Do fraagt Hans em, wolang' as de twee Bargen moeten tosamen un ut'nanner gahn. Bet se en Minsch dootdrücken, seggt de Vagel Griep. Un wolang' as de ole Hex mutt de Lüüd oeversetten, fraagt Hans. So lang as se leven deit, seggt de Vagel Griep. Un to'n drütten, seggt Hans, will he em geern dree Feddern ut'e Steert utrieten. Do seggt de Vagel Griep, he verlangt vel, man he will em Woort hollen. Man sett Hans bi een Fedder tweemal an, denn so will he em upfreten. Do quetscht de Vagel Griep sik twischen twee ganz grote Steens, un Hans, de ritt, wat he man rieten kann. Vör Wehdaag drückt de Vagel Griep de beide Steens to Gruus un süppt en heele See leddig. As Hans nu de dree Feddern hett, do seggt he velen Dank un gifft de Ber'n her. Denn geiht he de Weg t'rügg, de he herkamen is.

As he an de See kümmt, do kümmt de Oolsch in ehr Noetschell anschippern. Foorts röppt se em to, wonehr se kann uphollen mit oeversetten. Man Hans seggt, he dörf ehr dat eerst seggen, wenn he up'e anner Siet is. As se em denn hett an Land sett, do seggt he, se mutt so lang fahren, as se leven deit. Do kriggt se dat Bölken un springt ut ehr Noetschell in't Water un spaddelt dar rum, bet se versupen deit. Man vun ehr Spaddeln is de See so dull oeverlapen, Hans geiht bet an'e Hals in't Water un weer meist afsapen, un so geiht dat, bet he kümmt an de twee Bargen. De fragen em ja foorts, wannehr se stillstahn dörven. Man Hans seggt, dat dörf he nich seggen, ehrer dat he dörch is. As he denn dörch is, do seggt he, se dörven eerst still stahn, wenn se hebben en Minsch dootdrückt. Do warrn de Bargen dull, un binnen in se fangt dat an un ramentert, un do bassen se in Stücken, un de Stücken fleegen wiet rum. Man Hans, de duukt sik un kümmt guut weg.

He geiht denn na Westen un finnt dat Holt un de dree Bargen un dat Sarg ut Glas un de Deern dar in. Man dat is en Königsdochter we'n, un dat hett sik sodennig todragen: Ehr Mudder, de Königin, hett lange Jahren keen Kinner hatt. Mal an en Winterdag, do hett se trurig an't apene Finster seten un hett neiht, un do is ehr en Sneeflock up'e Schoot fullen, un up'e Sneeflock, dar is en Blootdrüpp fullen, se hett sik in'e Finger staken hatt. Un do hett se sik wünscht, se wull geern en Deern hebben so witt as Snee un so root as Bloot. Un en Tied later, do hett se uck warraftig en lütte Deern kregen, so witt as Snee un so root as Bloot. Un de Deern, de hebben se Sneewitt nennt, un se is groot wurrn un smuck un fraam, un se is ehr Mudder ehr eenzige Freud we'n. Man dar is en ole leege Wief we'n, de hett de Königin dat Glück nich günnt, un do hett se Sneewitt en giftige Appel geven, un as de Deern darvun afbeten hett, do is se umfullen as doot un nich wedder waak wurrn. Man se is so smuck we'n, un se is root bleven as Bloot un witt as Snee, un do hebben de Öllern ehr in en Sarg ut Glas leggt, un dat Sarg hebben se twischen de dree Bargen stellt. De Öllern sünd denn storven, man Sneewitt is so bleven, as se weer.

Na ehr geiht Hans nu hen, nimmt de Deckel af vun dat Sarg un strickt mit de dree Feddern oever de Deern ehr Mund. Do deit de sik up un foorts fallt dat Appelstück dar rut. Do maakt de Deern de Ogen up, as wenn se ut en lange, feine Droom upwaaken deit, un se kickt de Jung fründlich an, de dar vör ehr steiht. De freut sik nu ja bannig, dat lett sik ja denken, un do nimmt he de Deern mit in sin Königriek, un dat finnt he guut verwahrt.

As he nu Hochtied geven deit, do is de Hoff vull vun arme Lüüd, de sitten dar in twee Reegen. Un Sneewitt geiht hen na se un gifft se wat, un de junge König achter ehr ran un freut sik to sin smucke un frame Fruu. Do ward he miteens mang de Armen un Kranken sin

Broder wies, de hollt uck de Hand up. Un as he em süht, do denkt he dar gar nich an, wat de anner em andaan hett, un an t'rüggbetahlen, nee, he nimmt em mit up sin Slott un gifft em to eten un to drinken un vertellt em allens, wodennig em dat gahn hett. Un toletzt seggt he, nu schall Jan man bi em blieven, dat he em kann guut doon, so as se's Vadder dat hett hebben wullt.

Man Jan sin leege Hart is ja vull Afgunst un Raasch un Stolt un will dat nich togeven, un he seggt, wenn Hans em nich jüst so doon will as he em, denn so schall he em gahn laten, bi em mag he nich blieven. Un do geiht he weg vun'e Hoff un denkt, de Kreihen warrn em sachs jüst so guut Bescheed geven as Hans, un he is ja klöker, denkt he, un denn kriggt he sachs nich bloots en halve Königriek, he ward woll en ganze kriegen, un denn will he gegen em in'e Krieg trecken un em infangen un em wedder de Ogen utsteken, dat em dat noch ringer gahn schall as vördem.

As he nu na de Galgen kümmt, do mellt sik de Afgunst un gifft em dat in, he schall man all dat Gras utrieten, wat dar is, dat sin Broder nich kann dat Ogenlicht wedderkriegen, wenn he em de Ogen utstaken hett. Dat deit he denn uck, un denn leggt he sik up'e Rügg un luert up'e Kreihen. Nich lang', do kamen se an, un de eerste seggt, dat letzte Mal mutt en Minsch se beluurt hebben un hett dat verraden, wat se sik vertellt hebben. Do seggt de tweete, dar ünnen liggt ja wedder een. Un de drütte seggt, se woe'n em man de Ogen uthacken. Foorts fleegen se dal un setten sik up sin Kopp un hacken em de Ogen ut. Un hacken un hacken em ümmerto in't Gesicht, bet he musendoot is. Un do blifft he dar liggen ünner de Galgen. Weer he nich so afgünstig we'n un so doesig un harr dat Gras stahn laten, denn so weern de Kreihen em gar nich wies wurrn, un denn harr he sachs uck Bescheed kregen vun se. Man Hans hett as König lang' un glücklich levt, un Sneewitt as sin Königin uck.

De veer Döker

Dar is mal en Vadder we'n, de hett to sin veer Soehns seggt, se sünd nu groot un stark, nu schoe'n se sik man mal in'e Welt umkieken. Vellicht maken se ja se's Glück, seggt he, se koenen ja nich ümmer to Huus blieven.

De Jungs freuen sik un woe'n nu all upmal afste', denn dar sünd se al lang' scharp up we'n. Man dat is de Vadder nich mit, nee, seggt he, all upmal kann he se nich gahn laten, elkeen schall an'e Tour kamen, sodraa de anner t'rüggkamen is. Na ja, dat is de Bröder denn uck recht, un do schall toeerst de öllste Stock un Bünnel nehmen un maken sik up'e Padd.

Mit en paar gude Raatslääg vun sin Vadder in'e Kopp un en paar Gröschens Reisgeld vun sin Mudder in'e Tasch treckt Krischan – so heet de Jung – vun sin Vadder sin Huus los. He fleut't vergnöögt vör sik hen un geiht ümmer de Näs na, he weet ja sülven nich, 'nem he hen will. He is al en arige Stück gahn, do kümmt em en lütte griese Keerl in'e Mööt, de fraagt em, um he nich wat hett un hanneln mit.

Nee, seggt Krischan, he versteiht sik nich up'e Hannel, un he will wiedergahn.

Nu man ümmer sinnig, lacht de lütte Keerl, vellicht hett *he* ja wat, wat Krischan mal guut bruken kann. Sin Mudder hett em doch Reisgeld mitgeven, seggt he, he schall em man dat hiere Dook afkopen.

Krischan is heel verbaast, he hett de dare lütte Keerl noch nie nich sehn, un doch weet de vun de paar Gröschens, de sin Mudder em tostaken hett. Man he truut sik nich un seggen wat gegenan, em ward rein grugen. So geiht he denn up'e Koop in un wannert denn wieder un quält sik nich mehr um de lütte Mann. He kickt dat dare Dook uck gar nich richtig an, sodennig ward em gresen.

Twee Daag geiht he sin Weg wieder. Man as de tweete Dag to Enne geiht, do weet he nich, 'nem he blieven schall de Nacht. Narms süht he en Kroog, un vör em liggt en grote, düüstere Holt. Weer dar man eenerwegens en Huus, denkt he, un bi dat kümmt he ümmer neeger an't Holt ran.

Do fallt em mitmal in, he hett ja keen Geld mehr, un he schüttkoppt oever sin Doesigkeit un gahn wieder ahn Geld, un nich mal an de Avendköst hett he dacht. He ward rein gnadderig. He sett sik dal, haalt sin Dook rut un leggt dat dal an'e Grund. He kickt dat man bloots ut Langewiel an, he hett ja anners nix vör. Hellroot is dat un an'e Sieden dicht beseit mit gollne un sülverne Steerns. Dat mag he woll lieden, man Geld weer em leever we'n. Jo, denkt he, harr he man so vel Dalers as dar Steerns sünd up dat dare Dook, dat weer wat. Knapp hett he dat dacht, do liggt dar al en grote Barg Dalers up't Dook, man wodennig dat togahn is, dat is Krischan to hooch.

Nu geiht he bi un stickt dat Geld in'e Tasch, un he ward dat gar nich wies, dat dat Nacht ward un ümmer düüsterer. Un as he dat marken deit, do is dar en Flock Rövers um em rum, de kriegen em faat un stöten em rum, em vergeiht rein Hören un Sehn. Um he dat nu will oder nich, he mutt mit in se's Höhl un kriggt dar sin Nachtlager – man anners, as he sik dat dacht harr.

De neegste Dag nehmen de Rövers em in'e Mitt un woe'n dat, so seggen se, kort afmaken, wenn he se nich gifft dat dare Dook. Krischan is ja man froh, dat he tominnst dat Leven behollen kann, un do gifft he se dat geern. Do bringen se em rut ut'e Höhl, un he wannert heel bedröövt na so'n korte Tied wedder na Huus to un is dar gar nich mehr wild up un gahn in'e Frömm.

To Huus vertellt he denn ja sin Vadder un sin Bröder, wodennig em dat gahn hett, un de anner dree meenen, se woe'n sik wiss beter in acht nehmen. Un de tweete blifft bi un triffeleern, he will uck afste', un toletzt maakt sin Vadder em sin Bünnel t'recht, un sin Mudder gifft em en paar Gröschens, un denn laten se em lostrecken.

He denn ja heel munter afste', man nich up'e sülve Weg as sin Broder, he will ja nich de Rövers in de Hänne fallen. Un ümmerto denkt he, wenn doch man de dare lütte griese Keerl keem un em uck so'n Dook bringen wull as sin Broder, he will sik wiss nich verfehren, denkt he. Un richtig, nich lang', do süht he dar en lütte Mann ankamen, lüerlütt as so'n Dwarg. Un foorts denkt he, dat mutt de Mann we'n mit de Döker. Se beeden sik de Dagstied un kamen in Snack, un do bütt de lütte Mann em en Dook to Koop. Un do köfft he em dat af. Man dütmal is dat keen rode Dook, dat is en blaue een, un dar sund luter runne Placken un Buddeln upmaalt.

De Lütte is man knapp weg, do sett Hans – so heet de tweete Broder – do sett he sik dal in't Gras un wünscht sik Geld, so vel as dat man angahn kann. Man dar hett en Uul seten. Do ward em de Hannel leed doon, un he seggt, de Lütte hett em anscheten, un he schimpt un schandeert, toletzt kriggt he en ganz dröge Hals vun all dat Zackereern. Do hollt he up darmit un wünscht sik en Buddel Wien. Un süh, foorts steiht 'n uck al dar. Dat is denn ja en anner Snack, denkt he, un he wünscht sik allerhand to Eten, all, wat he an leevsten mag, nöömt he up, un foorts steiht allens praat.

Hen to Avend geiht he denn na dat neegste Dörp un dar gau in en Kroog. Blots en Bett will he hebben, seggt he to de Kröger, för dat Avendbroot will he al sülven upkamen. De Kröger wunners sik ja, dat sin Gast eenfach so vun de Straat to Bett geiht, un do geiht he em na un kickt dör dat Sloetellock. Un do süht he, woans Hans sin Avendköst herkriggt, un wodennig em dat smecken deit. Em löppt rein sülven dat Water tosamen in'e

Mund. De heele Nacht spickeleert he nu, wodennig he kann dat dare Dook an sik bringen, un de neegste Dag will he sin Gast nich gahn laten, he deit so fründlich un snackt em wat vör, as weern se ole Frünnen, un toletzt kriggt he dat so wiet, Hans blifft dar. Man wieldes schickt de Kröger na de Gerichtsdeeners un lett Hans noch in de Nacht fastsetten. He hett sin Zech nich betahlt, seggt he. Do mutt Hans de Nacht in't Kaschott tobringen un mutt sin Dook hergeven, dat he man wedder friekamen deit.

He is ja nu heel dull un geiht wedder t'rügg un kümmt upletzt heel gnaddrig to Huus wedder an. Un dar mutt he sik uck noch vun sin drütte Broder, Klaas, allerhand anhören. Un Klaas hett dat denn uck bannig hild un kamen afste', he will sehn, um he dat nich kann beter maken as sin beide Bröder.

Man he kann gahn un gahn, he bemött keen lütte Keerl, un he meent al, sin Bröder hebben em wat vörmaakt. He geiht ümmer vörföötsch wieder un simmeleert, do spazeert do mitmal so'n lüerlütte, man steenole Mann up'e Straat. Meist weer Klaas oever em snüffelt, he kickt jo bloots ümmer vör sik dal, heel in Gedanken, un pedd't risch to. Do kieken se sik beid groot an, un Klaas hett sik meist verfehrt un will gau wieder, man de Ole hollt em t'rügg un bütt em en swatte Dook to Koop. Dat lett Klaas sik nich tweemal seggen, gau köfft he dat Dook vör en paar Gröschen un maakt denn, dat he wiederkamen deit. Man knapp is de Lütte ut Sicht, do kriggt de dat Dook rut un wünscht sik Geld – tja, en ole Schiet uck! He wünscht sik Wien un Braden – man dar kümmt keen Buddel.

Do ward he ja dull, he kehrt un dreiht dat Dook na alle Sieden, un do ward he dar en lütte Ret in wies, un dat paßt em ja gar nich. Man he hett dat Dook ja nu mal köfft, un so nimmt he dat mit un hollt sik dat vör't Gesicht un lacht un schimpt togliek. Do süht he mitmal sin

Vadder un sin Bröder to Huus arbeiten un hört, wo se mit'nanner snacken. Do markt he, dat is ümmer denn, wenn he dör de dare Ret kieken deit. Na, denkt he, dat is ja nich verkehrt, un do freut he sik dar oever.

Nu treckt he denn wied un sied dör de Welt. Do kümmt he in en grote, feine Stadt, dar is en König, de hett Krieg mit sin Naver. Klaas hört dat, un do denkt he, vellicht kann he ja en grote Herr warrn, un he seggt to de König, he will em allens vertellen, wat de annern gegen em vörhebben. Dar freut de König sik bannig oever, un he seggt em en grote Lohn to, wenn he bi em in Deenst gahn will, un dat deit Klaas uck geern. Nich lang', do hett de König de Krieg wunnen, un sin Macht ward ümmer grötter. Man de em to sin Macht hulpen hett, de dankt he dat man leeg: As he dat wies ward, wodennig Klaas dat allens hett weeten kunnt, do nimmt he em dat Dook weg, seggt em velen Dank un lett em ut't Land jagen.

Sodennig hett Klaas sik dat ja nich dacht, man he will de Saak nich noch leeger maken, un do nimmt he sik vör, he will liek na Huus gahn un will to sin jüngste Broder seggen, he schall man to Huus blieven. Man he is man knapp dar, do will de jüngste uck al afste' un kann dat knapp noch aftöven un kamen weg. Sin Vadder hett ja de annern Verlööv geven un gahn in'e Welt, un so gifft he toletzt uck de jüngste, Hinnerk, Verlööv. Man he seggt uck, in'e Frömm is nich de rechte Stä' un laten sik dat guut gahn. Hinnerk denkt gar nich an de lütte Mann, so as sin Bröder dat daan hebben, he nimmt sik vör, he will sik gar nich um de Lütte quälen.

Man uck em kümmt he na en paar Daag in'e Mööt, un för dat beten Geld, wat he noch hett, verköfft he em en witte Dook. Hinnerk will ja nu geern weeten, wo sin Dook guut för is, un toletzt kriggt he dat klook, he kann sik dar unsichtbar mit maken. Do geiht em en Licht up. He geiht liek to na dat Flach, 'nem sin öllste Broder mang de Rövers kamen is, un as he dar wecken vun süht, sliekert he sik in se's Höhl rin. Dar finnt he in een Eck dat rode Dook, dat hebben se ja sin Broder wegnahmen, un do nimmt he dat un maakt, dat he wegkümmt – sehn koenen se em ja nich.

As he denn wiederreisen deit, süht he an de Straat vör sik en grote, feine Huus. Dat geiht all up'e Avend to, un do denkt he, he will dar man de Nacht blieven, wenn se em upnehmen woe'n. As he dar ankümmt, do steiht dar vör de Dör en dicke Mann, de laadt em fründlich in, he schall man rinkamen un de Nacht dar blieven. Aha, denkt Hinnerk, dat is wiss de Kroog, 'nem se sin Broder Hans sodennig anscheten hebben. Un do geiht he dar rin un maakt dat jüst so, as Hans dat eerst daan bett. As de Kröger dat süht, do denkt he, he kann wedder en gude Fang maken, un he bringt em in desülve Stuuv as do de anner. Un dar liggt uck noch dat feine blaue Dook up'e Disch, dat ward Hinnerk foorts wies. Nu süht de Kröger – he kickt ja wedder dör dat Sloetellock – he süht, Hinnerk tellt Geld up en rode Dook, un do besinnt he sik nich lang, he schickt na de Gerichtsdeener. Man as de ankümmt, do is de Gast weg, un dat blaue Dook uck.

So, denkt Hinnerk, as he ut'e Kroog rutkümmt, nu kriggt he de König sachs uck noch faat. Un he süht to un kamen gau na de König sin Stadt. Up allerhand Aart un Wies kriggt he dat klaar, dat he vörlaten ward bi de König, un mit sin witte Dook fallt em dat ja nich swaar un kamen oeverall rin un rut, un keeneen ward dat wies. Toletzt hett de denn uck dat swatte Dook in'e Hand. Un do stellt he sik driest hen vör de König un vertellt em liekto, wat he daan hett. De König ward ja nu splitterndull, so wat vun utverschaamt, un he will em foorts griepen laten. Man Hinnerk lacht em wat ut un seggt, he kriggt em wiss un warraftig nich.

Un wupp! is he verswunnen un geiht wedder na Huus na sin Vadder un Mudder, un de beiden hebben denn lange Tied mit se's Soehns levt un sünd de riekste Lüüd wied un sied in't Land wurrn.

Dat gollne Königriek

Dar is mal en rieke Mann we'n, de hett een Soehn hatt, de hett Willem heeten. As de nu twintig Jahr oold is, do seggt he to sin Vadder, he will up Reisen gahn un de Welt sehn. Dat is de Ole recht, he gifft em en Waag un Perde, en Bedeente, en Barg Geld un noch mehr gude Raatslääg, un Willem denn ja afste'.

Een Avend kamen se in en grote Holt, un do kamen se vun de Weg af – dat is ja al düüster – un se kamen an en lütte Huus. Willem geiht dar rin, un do sitt dar en Fruu an't Füer un kaakt sik ehr Avendbroot. Um he dar kann Nacht blieven, fraagt he. Ja, seggt se, dat kann he geern, he schall sik man dalsetten un doon as to Huus. Dat is Willem recht na de Mütz, he itt un drinkt so vel as he mag, denn he hett de ganze Dag nich Natt noch Dröög kregen, un denn leggt he sik dal un slöppt as en Prinz, bet de Sünn hooch an'e Heven steiht. Do jumpt he rut ut't Bett un kickt ut't Finster in't feine gröne Holt. Dar lopen Hirschen un Rehen un Hasen flockwies, un all Slag'en vun Vageln fleegen vun Boom to Boom, un Lewarken un Finken un Nachtigallen singen, he weet gar nich, wodennig em to Moot is, un do will he eerstmal dar blieven.

Bi't Fröhstück fraagt Willem de Fruu, wokeen sin Holt dat is. Dat is ehr, seggt se. Do fraagt he ehr, um he dar in jagen dörf, dat mag he an leevsten, seggt he. Ja, seggt se, he kann dar in jagen, so vel as he will, man he schall dat man leever nalaten. Man he hört dar nich na, he süht keen Grund un jagen dar nich, un do nimmt he sin Flint, un denn rin to Holts.

Do röppt de Fruu sin Deener un seggt to em, wenn em wat an sin Herr sin Leven liggen deit, denn so schall he em nagahn. Wenn se kamen an de frie Plack in't Holt, seggt se, denn so kamen dar dree witte Hirschen, dar dörf sin Herr jo keen vun schöten; anners kann he doot-

36

maken, wat em vör de Flint kümmt. Man he dörf sin Herr dat nich vertellen, dat se em dat seggt hett, seggt se, anners is dat ut mit em sülven. Do seggt de Deener de Fruu velen Dank för de Raatslag, denn he hollt bannig vel vun sin Herr.

Se sünd man en paar hunnert Schre' gahn, do ward dat Holt ümmer lichter, un do kamen se an en Wisch, dar löppt en lütte Bek oever witte Steens, un de Vageln singen, dat is een Lust. Upmal ruschelt dat in'e Büsche, un do kamen dar dree smucke Hirschen rut, sneewitt un mit allmächtige Tackens, de lopen dar dwars oever de Wisch. Willem kriggt de Flint hooch, man ehrer dat he kann afdrücken, do sleit em de true Deener de Flint na baven, de Kugel geiht in en Boom, un de Hirschen sünd weg. Do schimpt Willem sin Deener ut, warum he dat daan hett, man de seggt, em hett en Imm in'e Hand staken, un do hett he sik so verfehrt.

Denn gahn se wieder un Willem schütt allerhand Deerten, man he hett dar gar keen rechte Lust mehr to, he mutt ümmer an de dare dree witte Hirschen denken. As se wedder to Huus sünd bi de Fruu, do nimmt de de Deener bisiet un seggt, dat hett he fein maakt, he hett sin Herr dat Leven rett', seggt se. Un se kriggt dat feinste Eten up'e Disch, schenkt allerhand Slag'en Wien in, un Willem gefallt dat ümmer beter dar.

An'e neegste Morrn kriggt he wedder de Flint her un geiht to Holts. Do seggt de Fruu to de Deener, he schall em gau achterna gahn. Wenn se kamen up'e frie Stä', seggt se, denn so kamen dar dree brune Hirschen, man he schall dar jo för sorgen, dat sin Herr se nich schöten deit, wenn em wat gelegen is an sin Leven, un he schall em jo nich vertellen, dat se em dat seggt hett, anners is dat ut mit *em*.

Willem geiht wedder de sülve Weg as de Dag vörher, de Deener mag upstellen, wat he will, dat he em annerwegens henföhrt. Nich lang', do kamen se an de smucke Wisch mit de Bek. Un do ruschelt dat wedder in'e Büsche, un dree brune Hirschen mit gewaltige Tackens springen dwars oever de Wisch. Willem ja foorts de Flint hooch, man in't sülvige gifft de Deener em en Schupps, un de Kugel suust in de Luft. Do ward Willem dull un seggt, wenn he dat nochmal deit, denn so schütt he em dal, un de Deener mag seggen, wat he will, un sik entschülligen, dat helpt all nix, sin Herr blifft darbi. He kann dat nich verwinnen, dat de Hirschen em ut'e Näs gahn sünd, denn he hett noch nie nich so'n smucke Deerten sehn.

De Fruu in dat Huus sett vundaag noch feinere Eten up'e Disch, un de beste Wien vun all Slag'en, so vel as he man hebben will. To de Deener seggt se, he hett dat fein maakt, un sin Herr geiht en grote Glück in'e Mööt.

An'e neegste Morrn geiht Willem wedder to Holts, un de Fruu seggt to de Deener, he schall em achternagahn un uppassen, dat he jo nich schöten deit, wenn he vundaag up'e frie Plack ward dree swatte Hirschen wies. Vundaag, seggt se, is de gefährlichste Dag, un dat gellt sin Leven. Man de Deener schall em jo nix vun *ehr* seggen, anners geiht em dat leeg. De Deener seggt ehr dat geern to, un denn he ja gau achter sin Herr ran. Man vundaag is em heel trurig to Moot, he weet sülven nich woso un woans, dat Holt dücht em nich mehr so smuck, de Vageln nich so lustig, de Bek nich so munter. He versöcht un ledden sin Herr up en anner Weg, man de will nich, he hett ümmer de dree Hirschen in'e Kopp, un he seggt to sin Deener, vundaag schall he em jo nich anstöten, anners geiht em dat leeg.

Sodennig kamen se an de lütte Wisch, un knapp sünd se dar, do kamen dree swatte Hirschen mit gewaltige Tackens ut de Büsche un springen dwars oever de Wisch. Willem de Flint hooch, man do gifft de Deener em en Ruck, de Kugel suust in't Holt, un de Hirschen sünd weg. Dat schall em leed doon, bölkt Willem un laadt de Flint wedder. Un de true Deener mag jammern un beden um sin Leven, dat helpt all nich, Willem schütt em dal in sin Raasch.

Man as de bleeke Liek dar so vör em liggt, do is sin Raasch bald vergahn un dat deit em leed. Man he mag de Deener mit hunnert smucke Naams ropen, dat helpt all nich, he is doot un he blifft doot. Do jaagt Willem as unklook t'rügg na dat lütte Huus, man dar is nix loos, keeneen is dar, de fründliche Fruu is verswunnen. He kriggt een vun sin Perde ut'e Stall, leggt de Sadel up, springt dar rup un jaagt afste', 'nem hen, dat weet he sülven nich.

Sodennig jaagt he stunnenlang dör't Holt. Dat ward Middag, dat ward Avend, un dat Holt ward ümmer dichter, nich Dörp noch Huus is to sehn, un he hett Hunger un Dörst. De heele Nacht dör ritt he wieder, bet de Sünn upgeiht un farvt de Böme. Do deit dat Holt sik up, un he kümmt up en grote Wisch mit en klare, frische Born. He böögt sik dal un drinkt, man as he wedder hooch kümmt, do stahn dar dree smucke Jumfern vör em.

He nimmt de Hoot af, man se kieken em böös an un seggen, he hett in sin Raasch sin Glück tweimaakt un hett maakt, dat se nu lang' nich koenen erlöst warrn. He weer nu in't gollne Königriek we'n, seggen se, harr he man up gude Raat un fründliche Bed hört. Man nu mutt he noch lang' dör de Welt trecken un mennig en Striet bestahn, bet he dar henkamen kann. Do fallt he up'e Kneen un röppt, dat will he geern, wenn he man wedder guut maken kann, wat he daan hett, se schoe'n em doch man seggen, wat he doon schall. Man nee, seggen se, dat koenen se nich, man se woe'n em bistahn, so vel as se dar Verlööv to hebben.

Do gifft de Öllste em en Swert, dar kann nix gegen bestahn, un de darvun drapen ward, de is foorts doot. Wat de Tweete is, de gifft em en Geldbüdel, de is ümmer vull mit blanke Dalers, so vel een dar uck rutnehmen deit. Man de Smuckste, dat is de Jüngste, de mag he foorts geern lieden, un de gifft em en gollne Ring, dat he ehr nich vergeten deit. Un denn sünd se mitmal weg.

Willem fallt nu en Steen vun't Hart, he faat't frische Moot und denkt an nix as an dat gollne Königriek un an de dree Jumfern, vör allen de jüngste. He denn to Perd un dat rin in't Holt, nu al mit arig wat ruhigere Sinn. He is noch keen hunnert Schre' wiet kamen, do hört he dar in de Büsche wat zischen un jammervull bölken. He dar ja hen, un do is dar en gresige Lindworm, de hett sin Stert um en Lööw slaan un spiggt 'n nu sin Gift in de Mööt. Do kriggt he sin Swert faat, haut to un haut de Lindworm de Stert af, un dat Stück, wat he afhaut hett, dat flüggt mit so'n Gewalt in'e Böme, dat haut dicke Telgens dal. He haut nochmal un dröppt de Draak sin Kopp, dat Beest fallt man so dal un stickt de Tung armlang ut't Muul. Un de Lööw schüddelt sik, freut sik un kümmt na sin Retter ran as so'n totruliche Hund un schüert sin Kopp an em, un vun do an geiht de Lööw ümmer mit em mit. Do faat Willem noch mehr Moot, denn nu süht he, wat sin Swert för'n Macht hett, un so ritt he driest wieder, wuchenlang, un toletzt kümmt he an dat Water *Irrbülgen,* dat is so groot un breet, een kann dat Enne gar nich sehn.

An't Över liggt en Schipp vör Anker, un nich wiet af steiht de Schipper sin Huus. De Mann kümmt nu rut, seggt Willem gu'n Dag un bütt em to eten un to drinken an. Dat nimmt Willem geern an, he hett all de Daag man blots vun Wuddeln un Kruutkraam levt. Denn fraagt he de Schipper, um he nich weet, wonem dat gollne Königriek liggen deit. O, seggt de Schipper, wenn he dar hen will, denn is he slecht beraden. Dat liggt wiet güntsiet dat Water un güntsiet de Riesenlänner, un de Weg darhen is swaar un gefährlich. De Riesen, seggt he, de föddern vun elkeen, de dar dörch will, en Hand oder en Foot as Toll. Och, seggt Willem, vör de Riesen is he nich bang, wenn he man kann in dat gollne Königriek kamen. Ja, seggt de Schipper, wenn he dat nich anners will, denn so will he em roeverfahren. Willem geiht mit sin Perd un mit de Lööw up't Schipp, de Wind weiht in de Seils un dat flüggt man so oever de Bülgen. Man nich lang', do ward de Heven düüster, dar kümmt en Storm up un smitt dat Schipp up un dal as en Spelball, een kunn meenen, dat wull elkeen Ogenblick afbuddeln, man Willem lett sik nich bang maken. Na en Tied lett de Storm na, dat ward wedder hell un fründlich, un dat Schipp leggt an bi helle Sünnenschien. Willem betahlt de Schipper rieklich, seggt em velen Dank un geiht an Land.

He hett sik noch gar nich recht umsehn, do hört he en gresige Larm un süht dree Riesen, de hebben ieserne Stangen in'e Hand un kamen up em tolapen. Se moeten sin rechte Hand as Toll hebben, bölken se. Man ümmer sinnig, seggt Willem, dat is nich so ielig. Un he geiht se in'e Mööt, kriggt sin Swert rut un haut in een Hui twee vun se de Köppe af. Un sin Lööw kriggt de drütte faat, ritt em in Stücken un fritt em up as Fröhstück – dat heet, ganz schafft he dat nich, de Ries is guut bi Schick un hett handdicke Fett up'e Rippen. Willem denn ja wedder to Perd un munter wieder dör Holt un Heid un Wisch un Weid, bet he wedder kümmt an en grote Water. An'e Strand steiht en Huus, un vör dat Huus liggt en Schipp.

As de Schipper de Schre' vun dat Perd hört, do kümmt he rut, heet Willem willkamen un bütt em Harbarg un Eten un Drinken in sin Huus an. Dat nimmt Willem mit Dank an, denn na de Striet mit de Riesen hett he nich Natt un nich Dröög hatt. Na't Eten fraagt he de Schipper, wat dat Water heet un wonem dat gollne Königriek liggen deit. Dat Water heet *Grugel,* seggt de Schipper, denn dat will allens oeverslucken wat dar up swümmen deit. Man wenn Willem na dat gollne Königriek will, seggt he, denn so hett he slimme Weg'. Dat liggt wiet güntsiet dat Water un de Riesenlänner, seggt he, un de Riesen föddern vun elkeen, de dar dörch se's Land will, en Hand oder en Foot, un dar sünd en Masse vun se, Willem schall dat man leever nalaten un darblieven. He quält sik nich um de Riesen, seggt Willem, un wenn se uck dutzwies kamen. Na, seggt de Schipper, wenn he dat denn afsluuts will, denn so will he em geern oeversetten.

Do gahn se all tosamen up dat Schipp, de Schipper treckt de Seils hooch, un se hebben so'n moje Wind, dat is en Lust. Man mit de Tied weiht dat ümmer duller, de Heven ward düüster, un en gresige Storm un Gewitter brickt loos. Dat Water ward wild un willer, de Bülgen kriegen dat Schipp faat as mit witte Füüst un smieten dat rum, de Schipper vergeiht rein Hören un Sehn. Man denn stellt Willem sik an't Roor un steiht dar stuur un fast, un jo duller dat Water tokehr geiht, jo mehr Spaaß maakt em dat. Toletzt leggt sik de Storm, de Bülgen warrn ümmer tammer un lütter, un toletzt sünd se ganz still un dat Schipp glitt man so oever se hen. An Land stiggt Willem denn ut mit sin Deerten un betahlt de Schipper mehr as rieklich. Do springen söss klotzige Riesen mit sware ieserne Stangen up em dal un bölken, wenn he will dörch se's Land, denn so mutt he se sin linke Hand as Toll geven. Jo, seggt Willem, foorts, kriggt sin Swert faat, un hui! weeten veer vun de Riesen nich, wonem se de Kopp steiht. De beide annern nimmt de Lööw to Fröhstück un fritt, as schull he acht Daag lang nix mehr kriegen.

Ümmer wieder geiht de Reis, bet se kamen an en drütte Water. Dar liggt en gewaltig grote Schipp vör Anker, un an'e Strand steiht de Schipper sin Huus. De Mann kümmt rut, seggt Willem gu'n Dag un bütt em en Dack oever de Kopp un Eten un Drinken an. Dat lett de sik geern gefallen, denn up'e ganze Weg hett he nich een Kroog funnen, sin Maag sitt em al ganz scheef. As he eten un drunken hett, fraagt he de Schipper, wat dat Water heet un wo wiet dat noch is bet na dat gollne Königriek. Dat Water heet dat *Allerleegste*, seggt de Schipper, denn dar hett noch keen Schipp roeverkamen kunnt. Man wenn een güntsiet is, denn so hett 'n noch ümmer nich wunnen, dar liggen negen Riesen, de laten nich mit sik spaßen. Vun elkeen, de dar will in dat gollne Königriek, seggt he, föddern se de Fööt, un mit de ward keeneen so licht ferdig. O, seggt Willem, de Riesen kümmern em nich, wenn he em man will oeversetten. Nee, seggt de Schipper, dar is em sin Schipp un sin Leven to schaa' to. Man denn kümmt Willem bi un tellt blanke Dalers ut sin Geldbüdel up'e Disch, un do kriggt de Schipper ümmer mehr Moot, un as toletzt de ganze Disch vull is, do seggt he, ja, he will dat wagen.

Do geiht Willem mit sin Deerten up't Schipp, de Schipper achterran, un de Wind weiht in de Seils. Man mitmal brickt de Storm loos. Dat Water ward ganz swatt, de Bülgen gahn huushooch un kriegen dat Schipp faat, as wulln se dat in Stücken hau'n. Dat blitzt, as stunn de Heven in Flammen, de Dunner kümmt Slag up Slag achterran, dat is, as wull de Welt ünnergahn. De Schipper jammert un blarrt, de Deerten jaueln vör Angst, bloots Willem lett sik dat nich ankamen, he blifft ganz ruhig. Toletzt gifft de Schipper verlaren, de Seils rieten, de Mast brickt, dat lett, as weer dar nix mehr to retten, do kriggt Willem dat Roor faat un blifft dar an stahn, bet de Storm sik leggen deit, dat Water wedder ruhig ward un de Sünn wedder achter de Wulken rutkieken deit. Do liggt dat Riesenland vör se, Willem schenkt de Schipper nochmal en Barg Geld un maakt sik mit sin Deerten up'e Padd.

Wiet is he noch nich kamen, do süht he al de negen Riesen ranstörten, de swunken se's dicke ieserne Stangen oever de Köppe un bölken all dör'nanner, se woe'n sin Fööt as Toll hebben. Sien Fööt moeten se hebben, groehlen se. O, seggt Willem, se schoe'n doch nich so bölken, he kann se ja al hörn. Wokeen sin Fööt hebben will, fraagt he. Se woe'n se hebben, bölken de veer eersten un woe'n Hand an em leggen, man hui! seggt dat Sweert, un do sünd se all veer musenstill. Denn löppt he hen na de anner fief, de sünd nich so gau rennt, dat Swert maakt hui!, un nochmal dree liggen dar. De beide letzten sett de Lööw sik as Middageten to Liev un fritt, he kann rein nich mehr vun'e Plack kamen.

Nu kickt Willem sik denn um, un do süht he in de Feern en smucke Stadt liggen, de lücht't in de Sünn as idel Gold. He verpuust' sik noch en Stoot, un denn he to Perd un up de Stadt to reden, man jo dichter he rankümmt, jo weniger kann he de Glem uthollen. Do seggt he, dat mutt dat gollne Königriek we'n, wenn't dat nich is, denn so finnt he dat nümmer nich. Un he hett recht, dat is de Königsstadt vun dat gollne Königriek.

As he dar rinkümmt, söcht un fraagt he eerst na dat Königsslott. Denn kehrt he an in en Kroog, de liggt liek oever vun dat Slott. Do vertellt de Kröger em, in dat dare Slott, dar sünd dree smucke Königsdöchter in, man de sünd verwünscht, un bloots de Jüngste ehr Brüdigam kann se erlösen, man de wahnt noch güntsiet de dree grote Waters un de Riesenlänner, un dat is noch lang' nich rut, wannehr he kamen deit. Willem fraagt wieder, wodennig de Brüdigam se denn erlösen schall, dat Slott is ja ümmer to, seggt he, un dar is nix vun to sehn, dat dar wat Lebenniges in wahnen deit. Do seggt de Kröger, wenn de Brüdigam kümmt mit de richtige Waag un mit de richtige Perde, denn so deit sik dat up, anners weet he nix.

Nu weet Willem ja nugg, denn dat is ja klaar, de Brüdigam, dat kann he blots we'n. De neegste Dag mutt sin Geldbüdel wedder ran, he köfft en swatte Waag un söss swatte Perde, un he nimmt en Barg Deeners an, all in swatte Tüüg, un fahrt rup na dat Slott. As de Waag vör dat Door kümmt, do springt dat up, un he is up en grote Slottshoff. Man dar is gar nix los, all Dören un Finstern sünd dicht, blots liek oever vör, dar is noch en Door, dat is uck apen. Do seggt Willem to sin Kutscher, he schall dar dörch fahren – he meent ja, he kümmt denn in en anner Slottshoff. Man boots! steiht he wedder up'e Straat, un dat Door sleit achter em to.

Do süht he, dat is nich de rechte Waag, un dat sünd nich de rechte Perde. Nu köfft he en smucke brune Waag mit söss brune Perde. He lett all sin Deeners brune Tüüg antrecken un fahrt wedder hen na dat Slott. Dat Door springt wedder up, un he fahrt mit sin Waag up'e Slottshoff. Dar is wedder allens still, man de Finstern sünd all apen un Willem kann in de smucke Stuven rinkieken. Man de Dören sünd all fast to, un keeneen wiest sik. Do seggt Willem to sin Kutscher, he schall dör dat anner Door fahren, un knapp is he dörch, do ballert dat achter de Waag to.

De neegste Dag köfft he sik en sneewitte Waag mit söss Schimmels, lett all sin Deeners witte Tüüg antrecken, un sodennig fahrt he na dat Slott. Do süht he al vun wieden, dat grote Door steiht sparrangelwiet apen, up dat Dack fleegen de Fahnen un as he neeger kümmt, schöten de Kanonen, dat de Eerde bevt. As he rinfahrt up'e Hoff, do klingt em Musik in'e Mööt vun Pauken un Trumpetten, un de heele Hoff steiht vull vun Damen un Herren un Deeners, all in smucke Tüüg, un de maken sin Waag up un heeten em willkamen un bringen em rin in't Slott. Do steiht dar de König an de Trepp mit sin Kroon up'e Kopp, un blangen em stahn dree wunnerbar smucke Jumfern. Un de jüngste un smuckste vun se, de kümmt em in'e Mööt lapen un gröt't em as ehr Erlöser un ehr Leevste. Un do geven se sik en Söten un warrn foorts mit'nanner verheiraad't. Un se hebben truu un glücklich tosamen levt, bet se dootbleven sünd.

De swatte Prinzessin.

Dar is mal en König we'n un en Königin, de hebben gar keen Kinner hatt. Do seggt de Königin, se wull to un to geern en Kind kriegen, un wenn't vun'e Düvel weer. Nich lang' darna schall se richtig wat Lüttes kriegen, un do kriggt se en lütte Deern. De wasst nu ran un ward elkeen Dag smucker, un elkeen, de ehr to sehn kriggt, mag ehr bannig geern lieden.

Een Dag ehrer se föfteihn Jahr oold warrn schall, do seggt se to ehr Vadder, morrn mutt se dootblieven. Oh, seggt de Vadder, se schall doch nich vun Dootblieven snacken. Doch, seggt se, se weet dat wiss, morrn mutt se dootblieven. Man een Deel schall he ehr verspreken: Ehr Sarg, dat schall vör't Altar in de Slottskirch stellt warrn, un een Jahr lang schall dar elkeen Nacht Wacht bi holen warrn. Wenn denn mang de Wächters een is, de nix Leeges daan hett, de kann ehr erlösen. Dat seggt de König ehr to un gifft ehr dar de Hand up.

So as se dat seggt hett, sodennig kümmt dat uck. De anner Dag seggt se ehr Vadder un Mudder adjüs, leggt sik dal un blifft doot, un achterna ward se so swatt as Koehl. Do lett de König ehr in't Sarg vör't Altar in de Slottskirch stellen mit en Wacht darbi, jüst so as se dat hett hebben wullt. As dat in de Nacht Klock twölf sleit, do fahrt de Prinzessin ut ehr Sarg tohööcht, kriggt de Wacht bi'n Wickel, dreiht em de Hals um un smitt em in so'n düüstere Lock, dat is dar nedden ünner de Kirch we'n. Un sodennig geiht dat elkeen Nacht; elkeen Morrn is de Wacht weg, un keeneen weet, wonem he afbleven is. Toletzt will keeneen mehr bi de Prinzessin Wacht holen. Do lett de König in't heele Land utropen, de dar sin Dochter erlösen kann, de schall ehr to Fruu hebben un schall König warrn.

Nu is dar en Schäper we'n mit gele Haar, Jakob hett he heeten, de reist na de König sin Stadt un lett sik anstellen as Wacht bi de Prinzessin ehr Sarg. In de eerste Nacht, dat is kort vör twölf, do ward he dar mitmal an denken, dat de anner Wächters all up so'n gediegene Aart verswunnen sünd, un do ward he bang un will weglopen. Man do röppt dar en Stimm achter em her, he schall nich weggahn, he kann ehr erlösen, wenn he dree Nachten an ehr Sarg Wacht holen will.

Do dreiht de Schäper wedder um un verkrüppt sik ünner de Prinzessin ehr Sarg. Denn sleit de Klock twölf, un de Prinzessin kümmt rut ut ehr Sarg un söcht in de heele Kirch rum. Man jüst as se kümmt an dat Sarg un will de Schäper faat kriegen, do sleit de Klock een, do mutt se wedder rin in ehr Sarg.

In de tweete Nacht, dat is wedder meist Klock twölf, do denkt de Schäper dar wedder an, em kunn dat jüst so gahn as de anner Wächters, un do ward he bang un will weglopen. Do röppt en Stimm achter em her, he schall nich weggahn, he kann ehr erlösen. Do dreiht de Schäper wedder um un verkrüppt sik in dat düüstere Lock, 'nem all de Lieken vun de anner Wächters liggen, un dar smert he sin Hänne un sin Gesicht in mit Bloot un deckt en paar vun de Doden oever sik, un he hollt so still, as wenn he uck en Liek is. Klock twölf kümmt de Prinzessin wedder rut ut ehr Sarg un söcht in de heele Kirch rum, un toletzt kümmt se uck na dat Lock, 'nem de Schäper liggt mang all de Lieken. De de Fööt warm sünd, seggt se, de is dat, un se kümmt bi un föhlt dar mang de Lieken rum. Se is al heel dicht bi de Schäper, dat Hart will em meist stahn blieven, do sleit de Klock een, un se mutt wedder rin in ehr Sarg.

De neegste Morrn kümmt de König mit sin heele Hoffstaat, se woe'n na de Schäper sehn, un as se all dat Bloot in sin Gesicht un an sin Hänne wies warrn, do verfehren se sik un meenen, em is uck wat Leeges tostött. Man Jakob seggt, he will uck de drütte Nacht Wacht holen. De neegste Morrn Klock söss, seggt he, denn schoe'n se kamen mit Pauken un Trumpetten un de heele Musik, denn is he doot, oder de Prinzessin is erlöst. Dat mutt de König em toseggen.

Kort vör twölf in de Nacht krüppt de Schäper ünner de Prinzessin ehr Sarg, un as se Klock twölf dar rutkamen deit, do leggt he sik dar gau sülven rin. De Prinzessin söcht ja wedder in de heele Kirch rum, man as se toletzt uck an dat Sarg kümmt, do sleit de Klock een. Do fangt se an un snackt, un se seggt Jakob dusendmal Dank, he hett ehr erlöst, seggt se. Un foorts fangt se an un ward witt, un de anner Morrn Klock söss steiht se dar un is witt un smuck as vördem. Un do kümmt uck al de König un de Königin mit se's heele Hoffstaat un en Barg Volks un mit Pauken un Trumpetten un vulle Musik. Un as Jakob nu kümmt ut de Kirch mit de Prinzessin an'e Hand, do fiern se em all as se's König, un dat Juchheien nimmt un nimmt keen Enne.

De Füerpüüstersch

Dar is mal en Mann we'n, de is sin Fruu dootbleven. He
hett en bannig smucke Dochter hatt, un na en Tied, do
hett he sik en anner Fruu nahmen. De Steefmudder
kann de Deern nich utstahn un piert un triezt ehr, un
toletzt jaagt se ehr ut't Huus. Do weent de Deern un
weent ümmerto, un upletzt denkt se, se will sik man as
Deenstdeern vermeeden. Dar will se jüst för na en Huus
hengahn, do bemött se en bannig smucke Fruu, de
fraagt ehr, warum se so dull weenen deit. Do vertellt se,
ehr Steefmudder hett ehr wegjaagt, un nu will se sik en
Deenst söken. De dare Fruu begööscht ehr nu un gifft
ehr twee Buddeln. Wascht se sik mit dat Water ut de
eene Buddel, seggt se, denn so ward se morsgrimmig,
man wascht se sik mit dat ut de anner Buddel, denn so
ward se bannig smuck. De Fruu gifft ehr uck dree Has-
selnoet, de schall se upmaken, wenn se en Wunsch hett.

Do wascht de Deern sik mit dat Water ut de eerste
Buddel un geiht hen na en Huus, dar fraagt se, um se
nich koenen en Deenstdeern bruken. Nee, seggt de
Fruu, se bruken keen. Man de Koeksch – se is dat, de de
Dör upmaakt hett –, de seggt to de Fruu, se schall ehr
man nehmen, se koenen ehr tominnst bruken för un
püüstern dat Füer. Do blifft se dar, un all seggen se nix
anners to ehr as „Füerpüüstersch".

Mal seggt de Fruu, se schall de Disch decken. Se deit
dat, un do vergitt se un setten de Soltnapp up'e Disch.
Do bölkt de Herr – dat is de Fruu ehr Soehn we'n –, de
bölkt ehr an, se schall de Soltnapp bringen. Un foorts
bringt Füerpüüstersch em de Soltnapp. De neegste Dag
deckt se wedder up, un do vergitt se en Gavel. Do bölkt
de Herr ehr wedder an, dar fehlt en Gavel, un Füer-
püüstersch bringt em de Gavel. De Herr kann de Deern
nich utstahn un will ehr nich lieden.

Do is dar mal Danz in't Dörp, un de Herr geiht dar hen.
Do geiht Füerpüüstersch hen na de Fruu un fraagt ehr

um Verlööv, dat se uck dörf hengahn. Nee, seggt de Fruu, ehr Soehn geiht dar hen, un wenn he ehr denn dar sehn deit, denn so ward he dull. De Deern seggt, se schall ehr man gahn laten, he ward ehr wiss nich kennen. Nee, seggt de Fruu, wenn ehr Soehn dat hört, denn so ward he sik argern. Man Füerpüüstersch blifft bi, se schall ehr man hengahn laten, he ward ehr wiss un warraftig nich kennen.

Na, upletzt gifft de Fruu denn na un lett ehr gahn. Un do geiht se weg un wascht sik mit dat Water ut de Buddel, wat dar smuck maakt, un denn knackt se een vun de Hasselnoet, un do is dar en rosa Kleed in, dat treckt se an un geiht to Danz.

De Herr is al dar, un he kümmt foorts hen na ehr un will mit ehr danzen, un do schenkt he ehr en Armband. As de Danz to Enne is, do will he ehr afsluut na Huus bringen, man dar will se nix vun weeten. Toletzt seggt se, wenn he ehr *nich* na Huus bringt, denn so süht he ehr de neegste Dag wedder up en anner Danzvergnögen, dar kümmt se wiss hen. Do maken se dat sodennig af, un denn löppt se gau weg, wascht sik mit dat Water, 'nem se grimmig vun ward, un leggt sik to Bett. As de Herr na Huus kümmt, do slöppt se al, un he markt nix.

Un do vertellt he sin Mudder, he hett so'n bannig smucke Deern sehn bi't Danzen. He mag ehr bannig geern lieden, seggt he, un se schall sin Fruu warrn. Wokeen dat denn is, fraagt sin Mudder. Tja, seggt he, dat weet he nich, man se hett em toseggt, se will vunavend wedder up Danzvergnögen kamen, un se sehn sik.

Hen to Avend kümmt de Füerpüüstersch wedder na de Fruu un seggt, he hett ehr nich kennt, se schall ehr man wedder hengahn laten. Nee, seggt de Fruu, wenn he ehr kennt, denn so ward he noch dull up ehr, dat se ehr hett hengahn laten. He ward ehr wiss nich kennen, seggt de Deern, de Fruu schall ehr man gahn laten, un se blifft bi un triffeleern, toletzt kriggt se Verlööv un gahn hen.

Do geiht se hen un wascht sik mit dat Water ut de Buddel, 'nem se smuck vun ward, un se knackt de tweete vun de Noet, un do is dar en ganz rode Kleed in. Dat treckt se an un geiht to Danz. De Herr süht ehr un sett sik foorts blangen ehr hen un will mit ehr danzen un schenkt ehr en Paar Ohrringen. As dat Tied is un gahn na Huus, do will he mit ehr gahn, man dat will se nich hebben. Wenn he ehr na Huus bringen deit, seggt se, denn so kümmt se nich mehr, man wenn he ehr lett alleen gahn, denn kümmt se de neegste Dag wedder – denn is ja dat letzte Mal Danz. Do is he denn inverstahn, dat he ehr doch man blots de neegste Dag wedder bemött. As se wedder to Huus is, do wascht se sik gau mit dat anner Water un geiht to Bett, un keeneen markt wat.

De neegste Dag geiht se na de Fruu un seggt, he hett ehr nich kennt, se schall ehr doch vunavend wedder hengahn laten. Nee, seggt de Fruu, dütmal ward he ehr kennen, un wenn he denn wies ward, dat se ehr hett gahn laten, denn ward he noch dull. Man de Deern seggt, se schall ehr man düt letzte Mal noch hengahn laten, he ward ehr nich kennen, un se triffeleert un triffeleert, toletzt seggt de Fruu „Ja".

To Avend wascht se sik wedder mit dat Water, 'nem se smuck vun ward, knackt de drütte vun de Noet, un do is dar en Kleed in, heel himmelblau un gollen. Se treckt dat an un geiht to Danz. So draa as de Herr ehr wies ward, kümmt he hen na ehr, sett sik dal blangen ehr, danzt de heele Avend mit ehr un schenkt ehr en Bostnadel. Dat is ja nu de letzte Danz, un darum will he ehr to un to geern na Huus bringen, dat he klook kriegen kann, wonem se herkamen deit, man dat will un will se nich, un do sliekert se sik weg, un he markt dat nich. Se geiht na Huus, wascht sik mit dat anner Water, 'nem se

51

grimmig vun ward, un geiht to Bett. Keeneen seggt se dar wat vun.

As de Herr markt, se is em utneiht, do is he bannig trurig. He geiht na Huus un vertellt dat sin Mudder, wodennig em dat gahn hett, un he seggt, he will afste' un söken de dare Deern.

De neegste Dag reist he af un will ehr söken, un he seggt to sin Mudder, se schall uck utkieken, um se wat to weeten kriegen kann. Na en paar Daag, do moeten se em Brood schicken, un do seggt de Füerpüüstersch, se will dat Brood kneden. Nee, seggt de Fruu, wenn he dat wies ward, denn so itt he dar nix vun. Man de Deern seggt, he kriggt dat al nich klook, se schall ehr dat man doon laten, un sodennig blifft se bi, un toletzt seggt de Fruu „Ja".

Do geiht se bi un kneden, un in elkeen Brood, dar deit se en lütte Breef mit in, dar steiht in:

> Arv vun dat Huus,
> wonem hen un wonem her?
> Dat, wat du söchst,
> hest du in din Huus.

De Herr snitt dat eerste Brood an, do finnt he de lütte Breef, un he lest 'n un is bannig tofreden, un denn seggt he to sin Deeners, de he um sik rum hett, se woe'n man na Huus gahn, sin Mudder hett de Deern al funnen. Un gau reist he af.

As he to Huus ankümmt, fraagt sin Mudder em, um he ehr al funnen hett, dat he so gau al wedder na Huus kümmt. Do is he ganz verbaast un fraagt, um se ehr denn nich funnen hett. Nee, seggt se, se nich. Man se hett em dat doch seggen laten, seggt he, un he vertellt ehr, wat he in't Brood funnen hett. Nu will se em ja nich verraden, dat de Füerpüüstersch dat Brood kned't hett, un so seggt se, dat is je gediegen, un se kann sik gar nich denken, wodennig dat togahn is.

De Soehn geiht denn wedder weg un will de Deern sö-
ken, un he seggt to sin Mudder, se schall em Bescheed
schicken, wenn se wat to weeten kriggt. As se em wed-
der Brood schicken moeten, do seggt de Füerpüüstersch
wedder, se schall ehr dat kneden laten. Nee, seggt de
Fruu, denn maakt se wedder so'n Toeg as dat letzte
Mal, un dat will se nich hebben. Och, seggt de Deern, se
schall ehr dat man doon laten, he schall dat uck nich to
weeten kriegen, dat se dat kned't hett. Un se triffeleert
so lang', bet de Fruu ehr toletzt dat Brood kneden lett.
Un do maakt se dat Brood t'recht, un in elkeen Brood
stickt se wedder en lütte Breef, nem wedder in steiht:

> Arv vun dat Huus,
> wonem hen un wonem her?
> Dat, wat du söchst,
> hest du in din Huus.

As de Herr wedder de lütte Breef lest, do seggt he, düt-
mal ward dat woll stimmen, sin Mudder hett ehr sachs
al funnen, un heel tofreden reist he wedder na Huus. As
he dar ankümmt, do kümmt sin Mudder em al in'e Mööt
un fraagt em, um he ehr nu funnen hett. Nee, seggt he,
he hett ehr nich funnen, un he vertellt ehr vun de Breef,
de he funnen hett.

Vun de Dag an ward he süük un kann nich wedder af-
ste' un söken de Deern. Un vun Dag to Dag geiht em dat
ringer un sin Kräften nehmen af. Toletzt mutt he sik to
Bett leggen. Do schall he en beten Supp hebben, un de
Füerpüüstersch seggt to de Fruu, um se schall em dat
bringen. Nee, seggt de Fruu, he kriggt dat driest t'recht
un smieten ehr de Suppenschöttel an'e Kopp. Och, seggt
de Deern, se schall ehr man Verlööv geven un bringen
em de Supp, he ward 'n woll eten. Un sodennig blifft se
bi, toletzt seggt de Fruu, denn schall se em man de
Supp bringen.

Do geiht se hen un deit de Supp in'e Schöttel, baven up
deit se de Bostnadel, de he ehr up't Danzvergnögen ge-

ven hett. Dar stellt se denn noch en Schöttel mit Supp up, un dar deit se de Ohrringen up, denn noch en Schöttel mit Supp, denn dat Armband un denn noch en Supp, un sodennig bringt se em dat hen.

As de Herr ehr wies ward, kriggt he foorts dat Bölken, se schall foorts rut, he will ehr dar nich hebben, he will ehr nich sehn. Och, seggt se, he schall doch man mal probeern, de Supp is guud. Nee, seggt he, he will dat nich. Och, man to, seggt se, he schall doch bloots mal probeern, dat ward em al smecken. Nee, se schall rutgahn. Och, seggt se, een schall he doch man eten. Do seggt he, he will dat doon, dat he ehr man los ward. Un do itt he de boeverste Supp, un denn finnt he dat Armband, un do is he heel verbaast, un he seggt, se weet woll wat vun sin Deern, se schall em seggen, wonem se is, wokeen ehr dat geven hett.

Se seggt bloots, he schall man uck de anner Supp eten, de is noch vel beter. Do itt he 'n un finnt de Ohrringen. He schall man uck de anner eten, seggt se, de is noch beter, un he deit dat un finnt de Bostnadel. Do seggt he, se schall em seggen, wonem sin Deern is, se weet dat doch. Do fraagt se em, um he ehr sehn will. Jo, seggt he, foorts. Do wascht se sik mit dat Water, 'nem se smuck vun ward, treckt dat rosa Kleed an, un denn wiest se sik de Herr un fraagt, um dat weer de. Ja, seggt he, se weer dat, dat is sin Deern

Do geiht se wedder weg, treckt dat ganz rode Kleed an un fraagt wedder, um dat weer de. Ja, seggt he, se weer dat. Un nochmal geiht se weg un treckt dat blaue un gollne Kleed an, un wedder fraagt se, um dat weer de. Ja, ja, seggt he, dat weer se. Un to sin Mudder seggt he, dat is sin Deern.

En paar Daag later is he wedder risch, un do nimmt he ehr to Fruu. Un sünd se nich dootbleven, denn so leven se woll noch.

De achtein Suldaten

Dar sünd mal achtein Suldaten we'n, en Feldwebel, en Schersant, en Kapperaal, en Trummler un veertein eenfache Suldaten, de sünd tosamen up Wacht we'n, jichens en Stä', 'nem sik Voß un Haas „gu' Nacht" seggen.

Nu is de Deenst bannig hart, un to eten un to drinken gifft dat uck nich recht wat, un do besnacken se sik dat, se woe'n dissenteern. Blots de Feldwebel, dat is en ole Suldat we'n un hett al twee Feldtoeg mitmaakt hatt, de will dar nix vun weeten.

Na, he will't nich anners hebben, un do binnen se em Hänne un Fööt tosamen, dat he nich de Schuld kriggt un ward bestraaft, un denn leggen se em ünner de Bank un trecken all soeventein afste' mit Sack un Pack. Man se sünd eerst en paar hunnert Schre' gahn, do ward de Kapperaal dar an denken, he hett sin Piep liggen laten up'e Disch, un he geiht t'rügg un halen 'n. Wieldes hett de Feldwebel sik dat noch mal dör de Kopp gahn laten, un he is bang', dat he doch kunn böös in'e Kniep kamen, un dat ward em al duern, dat he nich mitgahn is. Un as de Kapperaal do wedder rinkümmt, do seggt he, he schall em doch man losbinnen, dat liggt sik ünner de Bank noch leeger as baven up, un as he do los is, do slütt he de Wachtstuuv to, stickt de Sloetel in'e Tasch un dissenteert mit de annern.

En ganze Tied sünd se al tosamen rumtrocken – dat Geld is all, man Hunger un Dörst sünd dat nich, un to Middagstied warrn se faken an de grote Fleeschketel in'e Kasern denken –, do kamen se mal an en Kroog, de steiht ganz alleen merrn in't Holt. Na, se gahn dar ja rin, de Feldwebel kloetert mit de Sloetel un en paar Knööp in'e Tasch, un denn laten se sik inschenken un updischen, wat Koek un Keller hergeven.

As dat denn an't Betahlen geiht, do langt de Feldwebel in'e Tasch, as wenn he dar will en paar Daler ruthalen, man do röppt de Schersant, nee, dat kann he nich lieden, nu is *he* mal an'e Reeg un betahlen, un langt in'e Tasch, un do geiht de Feldwebel eerstmal rut. Man do kümmt de Kapperaal in'e Beens un röppt, de Schersant schall nich ümmer de Zech betahlen, un gau langt he in'e Tasch, un de Schersant geiht rut. Do seggt de Trummler, vundaag is he an'e Reeg, he will sik nich ümmerto dörchfuddern laten, un de Kapperaal geiht na buten. Man dar will de öllste vun de Suldaten nix vun weeten, dat de Trummler vör em betahlen schall, un sodennig een na de anner, bet dal na de jüngste Suldat, dat is noch en Rekrut. Un de seggt, he will de annern nochmal rinhalen, dat se nochmal nipp un nau nareken koenen, wat elkeen vun se vertehrt hett – un weg is he un löppt de annern soeventein achterna.

De Kröger will sik nu ja meist dootargern, dat se em sodennig anscheten hebben. Man he is en leege un achtertück'sche Keerl we'n, un so maakt he dat Finster up un röppt mit en fründliche Stimm achter se ran, warum se denn so gau lopen doon, fraagt he, se schoe'n doch man t'rüggkamen. De dare Spaaß, seggt he, de gefallt em, un darum will he se noch en beten Tehrgeld mitgeven.

As se do t'rüggkamen, do gifft he elkeen vun se noch en halve Daler, un he seggt, se schoe'n man de Weg rechter Hand nehmen, un denn de tweete Stieg na links, denn so kamen se an en Barg mit en Dör, de steiht apen, un wenn se dar ringahn, seggt he, denn koenen se se's Glück maken.

Dat lücht't de Suldaten ja in, se seggen velen Dank för dat Tehrgeld un för de gude Raat, seggen em uck to, se woe'n nich wedderkamen, un denn maken se sik foorts up'e Weg na de dare Barg. Man de Kröger, de hoegt sik, dat he se sodennig een bipuult hett, denn dar is al männig een ringahn in'e Barg, man wedder rutkamen is dar noch keeneen.

De achtein gahn nu de Weg rechter Hand un bi de grote Boom de tweete lütte Stieg na links, un denn dör de apene Dör rin in'e Barg. Dar binnen is dat jüst so hell as buten, un dar is en feine breede Straat, de geiht ümmer wieder rin. Se sünd dar al en ganze Enne up lang marscheert, do is dar vör se en Treckbrügg, de is hoochtrocken, man as se dar rankamen, do kümmt 'n ganz vun alleen dal, un se koenen dar roever gahn. Do sünd se in en grote Hoff. Se gahn noch en Tiedlang wieder, do kamen se wedder an en Treckbrügg, de kümmt jüst so dal as de eerste, un do kamen se in noch en Hoff. Un dat geiht noch oever en drütte Brügg in en drütte Hoff – man dar steiht merrn in en smucke Slott.

Do lett de Feldwebel de Suldaten antreden, de Ünner-off'zeers an de Floegels, de Trummler sleit in, un so marscheeren de achtein dör dat Door in't Slott rin, un as se binnen sünd, do erklären se dat vör innahmen. Je ja, innahmen – dar is ja keeneen in, de se dar vun af-holen deit. Keen Minsch is dar, man se kamen in en grote Saal, dar is indeckt un updischt för achtein Mann, un dar dücht se nu recht wat um. Blangen de Saal sünd achtein smucke Slaapkamern, een as de anner, elkeen mit en feine siedene Bett, un dar dücht se uck wat um.

Do setten se sik dal ahn Fisematenten – dat schall ja nich koolt warrn – un laten sik dat guut gahn bet laat in'e Nacht. Denn krupen se in de weeke siedene Betten un slapen as de Grafen. De Feldwebel is an'e neegste Morrn de eerste, de wedder waak ward. He will sik an-trecken un de Trummler wecken, dat he schall „Up-stahn" slaan. Man sin Munderung is weg, nich to sehn. Do sleit he sik dat Bettdook um un röppt na sin Kame-raden. Do kamen de uck rut, een na de anner, man een as de anner mit dat Bettdook um, jüst so as de Feld-webel, se's Tüüg is uck weg. Se kieken sik nu um in'e

Saal, un do stahn dar up'e Disch twee grote Kisten. Se maken de Deckels up, un do is dar in de eene Kist en Feldwebelmunderung, en Munderung för en Schersant, för en Kapperaal un en Trummler un veertein Suldatenmunderungen. Allens is heel nü, as harr de Snieder dat jüst maakt, un dat paßt as anmeten.

In de anner Kist sünd soeventein feine nüe Flinten, Säbeln un Patronentaschen un en nagelnüe Trummel för de Trummler. Dat is ja wat!

As se sik denn wedder en beten inkregen hebben, do seggt de Feldwebel, nu sehn se ja wedder ut as ornliche Suldaten, nu woe'n se uck se's Deenst maken, as sik dat hören deit.

Do geiht he mit se in de Wachtstuuv an't Door un deelt se in in dree Wachen, un do moeten se ornlich up Posten trecken un all twee Stunnen aflösen, so as sik dat hören deit.

Sodennig geiht dat en ganze Tied, do kümmt dar mal en feine Kutsch anfahrt mit söss Perde vör un hollt vör dat Door. En Bedeenter in en gollne Rock maakt de Slag up, un do stiggt dar en smucke Daam ut. De Wach mutt ehr de Feldwebel rutropen, un do geiht se mit em rup na sin Kamer un seggt to em, se is en verwünschte Königsdochter, seggt se, un he schall ehr erlösen un ehr Brüdigam we'n. Vun morrn an, seggt se, kümmt dar elkeen Dag en anner Königsdochter, de eerste na de Schersant, de tweete na de Kapperaal un ümmer so wieder, bet elkeen sin sehn hett un hett mit ehr snackt. So mutt dat we'n, seggt se, dat se se erlösen koenen.

Dat un noch anners wat besnackt se mit de Feldwebel, un denn fahrt se wedder weg. Un so, as se dat seggt hett, so kümmt dat uck.

De tweete Königsdochter kümmt de neegste Dag, geiht mit de Schersant in sin Kamer un besnackt sik dar mit

em, un so ümmer wieder, elkeen Dag kümmt dar an-
ners een, un een is ümmer noch smucker as de anner.
Man de jüngste Suldaat, de duert dat allens to lang, he
denkt, wokeen weet, wannehr he an'e Tour is, un do
kümmt he bi un dissenteert.

He kümmt wedder an de eerste Brügg, un do steiht dar
de Düvel un fraagt em, 'nem he hen will. Rut ut de
Barg, seggt de Suldaat, un do kriggt de Düvel em faat
un dreiht em dat Gnick af.

De anner Suldaten fehlen ja nu se's Kameraad, un do
schickt de Feldwebel wecken los, se schoe'n em söken.
Nich lang', do finnen se em denn ja uck musendoot an'e
Grund. He hett sin ole Plünnen wedder an, 'nem he mit
kamen is, un rippt un roegt sik nich. Man noch de-
sülvige Dag kümmt de öllste Königsdochter wedder an-
fahrt, geiht mit de Feldwebel rup un seggt to em, dat
se's Kameraad dissenteert is, dat hett dat heele Erlösen
tonicht maakt. Nu moeten se wedder en achteinste
Mann herkriegen, anners sünd se all Elias. Dat seggt se
to de Feldwebel, un denn fahrt se wedder weg.

Nu oeverleggt de Feldwebel mit de sösstein annern, wat
se doon schoe'n, un do warrn se sik eenig, de Kapperaal
schall mit twee Mann afste' un warven de achteinste
Mann. As se an de eerste Brügg kamen, do steiht dar de
Düvel un fraagt, 'nem se hen woe'n. Up Warv, seggt de
Kapperaal. Do lett de Düvel se passeern, un se kamen
oever de dree Brüggen un rut ut'e Barg. Se gahn de-
sülve Weg, de se kamen sünd, un nich lang', do kamen
se wedder an de dare Kroog. Se setten sik an'e Disch bi
de Kröger, de se in'e Barg rinschickt hett, man he kennt
se nich, se sünd ja nu ornlich in Tüüg, un se doon uck
so, as kennen se em nich. Nich lang', do kümmt dar en
Handwarksbursch rin, sett sik trurig an en anner Disch
un lett sik en Stück drööge Broot geven un darto en
Glas Water. Do ropen de dree Suldaten em an se's Disch
un geven em Wien to drinken un Braa' to eten. As he nu

satt is un arig wat munterer, do fragen se em, um he nich för en gude Handgeld sik will anwarven laten. Dar dücht em nich vel um, un so seggt he ut Schau, wenn se em woe'n hunnert Daler Handgeld geven, denn is em dat recht. Man de Kapperaal hett sik ut de Schatz-kamer vun dat Slott en heele Tornüster vull Geld mit-nahmen, un do tellt he em foorts tweehunnert Daler up'e Disch, un do is dat afmaakt. Se gahn denn wedder t'rügg na de Barg, de Düvel lett se ahn Fisematenten dörch, un in't Slott freu'n se sik all bannig, as se an-kamen mit de nüe Rekrut.

As se nu weg sünd ut'e Kroog, do seggt de Krögersch to de Kröger, he is un blifft en Doeskopp, anners, seggt se, harr he dat markt, dat de Kapperaal un de beide Sul-daten al mal dar we'n sünd, mang de achtein Hallun-ken, de em sodennig anscheten hebben. Un to Lohn, seggt se, hett he se uck noch glücklich maakt. Wodennig se dat meenen deit, fraagt de Kröger. Na, seggt se, um he denn nich hett all dat Geld sehn. Dat hebben se doch ut de Barg haalt, 'nem he se henschickt hett, för dat se nich wedderkamen schullen. Man nu will se uck keen Bedelwief blieven. Foorts schall he sehn un kamen af-ste' mit en Sack, un he schall jo nich wedderkamen, ahn dat de Sack is vull Dalers.

Dat helpt de Kröger allens nix, he mutt afste' in't Holt, de Weg rechter Hand, de tweete Stieg links un rin in de verwünschte Barg. Man an de eerste Brügg, dar steiht de Düvel. De fraagt em, 'nem he hen will mit sin Sack. Geld halen för sin Oolsch, seggt de Kröger. Do kriggt de Düvel em bi de Kripps un dreiht em dat Gnick af. Dat hett he dar nu vun. Man de Krögersch kann dat to Huus al gar nich mehr utholen, sodennig jiepert se na dat Geld. Se denkt, dat ward em vellicht to swaar, se mutt em man in'e Mööt gahn un nehmen em dat af. Se kümmt an de Barg un blifft eerst noch an de Dör stahn un luert, man de Kröger kümmt nich. Do denkt se, he hett to swaar laden un kann dat nich alleen up'e Nack kriegen, se will man ringahn un em helpen. Do kümmt se an de eerste Brügg, dar steiht de Düvel un luert up ehr. Wonem se hen will, fraagt he ehr. Na ehr Mann, seggt se. Jo, seggt he, dar kann se henkamen, kriggt ehr bi de Haar to faten, dreiht ehr de Hals af un smitt ehr dal bi ehr Mann. Do sünd se ja tosamen.

De achtein Suldaten geiht dat beter. De nüe Rekrut hett de Tall ja wedder vull maakt, un do kamen de Königs-döchter wedder anfahrt, ümmer een na de anner, elkeen na ehr Brüdigam, un dütmal holen se dat uck all dör. As de achteinste Königsdochter dar we'n is, do kamen se de neegste Avend all achtein upmal. Un de öllste seggt, vunnacht moeten se dat mit dat Erlösen to Enne bringen. Elkeen Königsdochter leggt sik dal bi ehr Brü-digam, seggt se, man elkeen mutt heel still bi sin Bruut liggen, keeneen dörf snacken oder sik röhren, bet dat „Upstahn" sleit. Un so geiht dat uck. All sössundörtig leggen se sik tohopen un all holen se dör. Blots de Trummler harr meist allens tonicht maakt. Hen to Morrn fallt em dat upmal in, wokeen denn woll schall „Upstahn" slaan, wenn he liggt bi de Königsdochter. He will jüst ut't Bett springen, do sleit dat buten „Up-stahn", un wodennig! Sodennig hett he dat noch nie nich hört. Dat is, as stunnen dar hunnertdusend Trummlers in'e Slottshoff un slaan de Trummel. Un nu is dat all in'e Reeg. De öllste Königsdochter blifft mit de Feldwebel wahnen in't Slott, dat is nu erlöst, un de annern fahren mit se's Keerls weg, de eene hierhen, de anner darhen, 'nem se se's Königriek hebben. Oever de Brügg is nu guut roeverkamen, de Düvel hett nu wat anners to doon as stahn dar up Wacht.

Wulf Königssoehn

Dar is mal en König we'n, de hett een Dochter hatt. Mal een Dag, do geiht he in sin Gaarn spazeern mit ehr; se is do en Deern vun en Jahrener föftein. Do ward dat de König jöken up'e Kopp, un do seggt he to sin Dochter, se schall doch mal nakieken, wat dat we'n kann, wat em dar argert. Do finnt se en Luus in sin Haar. Keen vun se hett al mal so'n Deert sehn, un do setten se dat in en Botterdoos, se woe'n mal sehn, wo groot dat woll warrn kann. Ehrer dat Jahr rum is, is dat Deert so dull wussen, dat füllt de heele Doos ut. Do setten se dat in en Botterputt, un ehrer dat tweete Jahr rum is, is et jüst so groot wurrn as de Botterputt. Do lett de König dat Deert in en Bottertunn setten, un ehrer noch dat drütte Jahr rum is, is dat Deert so groot, dat de Staven vun de Tunn ut'neen bassen. Nu will de König dat grote Beest nich mehr dörfuddern, he lett dat slachten. Un dat Fell lett he an en Schünendör nagel.

De König un sin Königin hebben keen anner Kinner as de dare Dochter, un se is smuck un klook un hartensguut. Darum fehlt dat nich an Prinzen un Königssoehns, de ehr geern woe'n to Fruu hebben, man se seggt to se all „Nee". Dar is de König vergrellt oever, un toletzt seggt he, nu schall se de to Mann kriegen, de seggen kann, wat dat för'n Fell is, wat dar is annagelt an'e Schünendör. Man keen vun all de Friegers kriggt dat rut. Dar kamen Prinzen un Hartoeg un Ridders vun alle Kanten, man keeneen kann dat raden. Do kümmt dar mal en Wulf anlapen. De blifft stahn vör dat Fell un snüffelt dar an. De König steiht darbi, un em dücht, de Wulf kickt so'n beten spietsch, un do seggt he: „Weetst du denn, wat dat för'n Fell is?" – „En König hollt doch sachs sin Woort?" seggt de Wulf. „Ja", seggt de König, „wat ik toseggt heff, dat hol ik, eendoont um dat is guut oder leeg." – „Sodennig maak ik dat uck", seggt de Wulf, „un wo dat hier en Luusfell is, hört din Dochter nu mi to. Bi acht Daag kaam ik un haal ehr; un krieg ik ehr nich in Guden, denn maak ik di un din heele Land to-nicht."

De sik dar gar nich to freu'n deit, dat is de König; un de Königin freut sik noch minner, as se to hören kriggt, ehr eenzige Dochter schall weggeven warrn an en Wulf. Man de Dochter muntert se up, so guut as se kann: „Dat is nu mal as dat is", seggt se. „De König mutt sin Woort holen, anners hollt de Wulf sin." Acht Daag later kümmt de Wulf denn för un halen ehr. De König will anspannen laten, dat sin Dochter doch na Rang un Stand wegfahren kann; man de Wulf seggt, dat deit nich nödig. Wenn se möö' ward, denn kann se upsitten un up em rieden. Denn seggt de Prinzessin ehr Vadder un Mudder adjüs un geiht afste' mit de Wulf. As se en beten gahn sünd, seggt he to ehr: „Sett di man up min Rügg." Dat deit se, un do löppt he afste' mit ehr, wied, wied rin in't Holt, se weet nich 'nem hen. Toletzt löppt he mit ehr rin in en grote, prachtvulle Slott. Dar sett he ehr dal un seggt to ehr: „Hier sünd wi to Huus; allens hier is min, un allens, wat min is, is uck din. Man een Deel musst du mi toseggen: Du dörfst nie nich Licht ansteken hier in't Slott; denn anners gifft dat en grote Unglück." Denn wiest de Wulf ehr allens, buten un bin-nen, un oeverall is dat fein un kommodig. De Disch is deckt mit wat to eten un Wien, un dat Bett is maakt mit de weekste Küssens un dat wittste Linnen. Man dar is anners keeneen in't Slott as de beiden.

Sodennig levt de Prinzessin en heele Jahr. Elkeen Morrn löppt de Wulf rut in't Holt, un elkeen Avend kümmt he wedder na Huus. Se kriggt em blots as Wulf to sehn, man se weet, bi Nacht is he en Minsch, un se is sik heel wiss, ehr Mann is en verwünschte Prinz. Ehrer dat Jahr rum is, kriggt se en lütte Jung. Se harr em ja geern beholen; man de Wulf kriggt em faat un löppt dar weg mit, so draa as he baren is.

As de Prinzessin twee Jahr weg is vun to Huus, do fraagt de Wulf ehr mal een Morrn, um se nich hett Lust un besöken ehr Vadder un Mudder. Dat kann se geern doon. He will ehr wull henbringen, un se kann dree Daag to Huus blieven, denn will he kamen un halen ehr wedder af. Man se schall nix vun to Huus mitnehmen. Se freut sik ja to dat Anbott un seggt em velen Dank. Do nimmt he ehr up'e Rügg un löppt mit ehr hen na ehr Vadder sin Slott. Dar freu'n se sik bannig to un sehn ehr wedder; se hebben ja al dacht, se weer doot un vergahn; man nu kriegen se ja to hör'n, wo ehr dat gahn hett: Dat se en feine Slott hett un wahnen in, dat ehr Mann, de Wulf, so leev un guut is to ehr un dat he blots bi Dag en Wulf is, man bi Nacht en Minsch. Man se hett noch nie nich sehn, wo he utsehn deit, seggt se, denn se dörv in't Slott keen Licht brennen.

De drütte Dag hen to Avend will ehr Mudder ehr besnacken, dat se doch länger bi se blieven schall, man dat will se nich: Se will na Huus mit ehr Wulf. Do seggt ehr Mudder: „Man du schu'st doch weeten, wat dat för een is, 'nem du mit verheiraad't büst. Nimm du man düt lütte Mess mit un maak dat fast an'e Bettkant. Wenn he denn to Bett geiht, denn ward he sik dar ja an ratschen; un wenn he denn schrien deit, denn is he en Troll; man wenn he sik blot beklaagt, denn is he en richtige Minsch." Dar lett se sik to besnacken un nimmt dat Mess mit. Buten dat Slott töövt de Wulf to de Tied, de se afmaakt hebben, nimmt ehr up'e Rügg un löppt mit ehr na Huus na se's Slott.

De neegste Dag kriggt de Prinzessin dat lütte Mess sodennig in't Bett fastmaakt, dat de Spitz en lüerlütte beten oever de Madratz rutkickt; un as se do to Avend to Bett gahn, do stickt he sik dar richtig an. Do beklaagt he sik un seggt: „Nu kann ik di ja nich mehr truu'n. Du hest ja doch na din Mudder ehr Raat hört un hest dat dare Mess mit na Huus bröcht." De Prinzessin freut sik ja, as se süht, ehr Mann is en richtige Minsch un keen Troll; man se schaamt sik uck, dat se daan hett, wat he ehr verbaden harr, liekers he so guut is to ehr un hett ehr vun sik ut na Huus bröcht na ehr Vadder un Mudder. Se seggt, he schall ehr dat man nich nadrägen, un vertellt em, warum se dat daan hett, un se seggt em to, vun nu an will se em ümmer truu we'n un up em hören.

As de Wulf de neegste Morrn rutlöppt in't Holt, do lahmt he up dat rechte Achterbeen, un dat hett he vun do an ümmer daan. Dat is vun dat dare Mess kamen. Do deit dat de Prinzessin noch duller leed, wat se daan hett. Elkeen Dag, de vergeiht, hett se ehr Wulf ümmer noch leever, nu se weet, he is en stackels verwünschte Minsch, un wo he ümmer so leev un guut is gegen ehr. Wat later kriggt se en lütte Deern. Man ehr dörv de Prinzessin uck nich beholen; de Wulf löppt noch desülve Dag weg mit dat Kind.

As dar wedder wat Tied vergahn is – dat is en Stücker veer Jahr her, dat se de Wulf sin Bruut wurrn is –, do fraagt he ehr wedder, um se nich hett Lust un sehn ehr Vadder un Mudder mal wedder. Ja, dat hett se ja würklich, un do nimmt he ehr wedder up'e Rügg un löppt hen mit ehr. Do deit ehr dat richtig weh in't Hart, denn se markt ja, he lahmt de ganze Weg. Man liekers geiht dat flink nugg, un se sünd gau dar. Ehrer se denn buten dat Slott ut'nanner gahn, seggt de Wulf to ehr: „Bliev nu man dree Daag hier, man nich länger. Un hör nich na din Mudder ehr Raat. Un bring dütmal nix mit na Huus." – Nee, dat will se uck nich; un se gifft de Wulf en Söten, ehrer he sik afglieden deit, denn nu freut se sik ja ganz dull to em.

De König un de Königin sünd ja sowat vun froh, dat se ehr mal wedder to sehn kriegen. Man ehrer de eerste Dag rum is, ward se al lengen na ehr Wulf, so leev hett se em nu. An'e drütte Dag kamen se dar up to snacken, wat dat för'n gediegene Umstänne sünd, 'nem se ünner leven deit. Do seggt de Königin to ehr Dochter: „Du kannst gloven, dat ännert sik bald to'n Guden, un he ward wedder heel un deel to en richtige Minsch. Man wenn ik du weer, denn so wull ik doch weeten, wodennig he bi Nacht utsehn deit, wenn he Minsch is." Un do gifft se ehr Dochter en lütte Füertüüg un en Talliglicht un seggt, se kann em doch sachs mal ankieken, wenn he slöppt. Dat mutt he ja gar nich wies warrn, seggt se. De Prinzessin will dat ja eerst nich nehmen, denn dat hett de Wulf ehr ja verbaden. Man de Königin meent, dat kann doch nie nich schaden un hebben sowat, un do stickt se dat Füertüüg un dat Licht in'e Tasch.

An'e Avend vun'e drütte Dag steiht se to de afmaakte Tied buten un töövt up ehr Wulf. Un as he kümmt, do gifft se em en Söten un seggt, he is ehr Hartleevste. Denn sett se sik up sin Rügg, un he löppt afste' mit ehr. Ünnerwegens fraagt he ehr: „Du hest doch nich wedder na din Mudder hört so as dat letzte Mal? Anners, wenn du wat mitnahmen hest, nu is noch Tied un smieten dat weg." Man se bringt dat nich oever sik un geven to, dat se wedder nich hört hett na em, un so seggt se, nee, se hett nix mitnahmen.

Se kamen wedder t'rügg na se's Slott, un dar vergeiht en Tied. Se schaamt sik ja, dat se nich hört hett na em, un seggt to sik sülven, se will dat Füertüüg un dat Licht nie nich bruken, de schoe'n blieven, 'nem se sünd. Man een Nacht, do ward se mal waak, do wöltert he in'e Slaap unruhig in sin Bett rum, mag we'n, he hett en leege Droom, mag we'n, he is krank. Do kriggt se dat so gresig mit de Angst, un do denkt se, se kann ja mal en Ogenblick Licht anmaken un sehn, wat em fehlen deit. Se nu ja liesen rut ut't Bett un kriggt dat Füertüüg faat un fengt dat Licht an, un do liggt vör ehr de smuckste Prinz, de de Welt hett sehn. Nu liggt he heel ruhig un smuustergrient in'e Slaap. Do kann se sik nich mehr holen, se fallt em um'e Hals un drückt em en Söten up.

Man se vergitt rein un puusten eerst dat Licht ut. Do sleit he sin Ogen up un seggt: „Och, Hartleevste, warum hest du dat daan? Nu koenen wi nich mehr tosamen blieven, nu mutt ik weg vun hier. Ik bün en Königssoehn un bün verwünscht vun en Hex, de wull mi mit ehr Dochter verheiraden. Man wenn mi en reine Jumfer leev harr, so as ik weer, un se weer mi soeven Jahr truu un kreeg mi nich to sehn, as ik würklich utsehn do, denn so kunn ik erlöst warrn un wedder ganz Minsch warrn."

Un darmit jumpt he as Wulf rut ut't Bett un lahmt rut ut'e Dör un löppt rin in't wille Holt. Man de Prinzessin löppt achterher, all wat se kann, un de heele Dag blifft se em up'e Spoor bet hen to Avend. Do kümmt se na en Slott, dar geiht de Spoor rin. Se geiht dar hen, un do kümmt ehr de Fruu in'e Mööt un seggt, se schall man rinkamen. De Prinzessin fraagt, um dar nich is en Wulf henkamen. Do seggt de Fruu vun't Slott: „Min Broder, Wulf Königssoehn de Lahme, de is hier we'n, man he is al wedder weg. He slöppt buten in't Holt, man du musst oever Nacht hierblieven." Fröh an'e neegste Morrn will se wedder afste', do kümmt ehr en smucke lütte Jung vun en Jahrener dree in'e Mööt un gifft ehr en Söten, un se markt foorts, dat mutt ehr eegne Soehn we'n.

Man liekers lett se sik nich upholen, se gifft ehr Jung en Barg Sötens, un denn süht se to un kamen afste', un se finnt uck richtig de Wulf sin Spoor wedder. De heele Dag blifft se up de dare Spoor, un to Avend kümmt se wedder na en Slott, dar geiht de Spoor rin. Do geiht se uck rin, un de Fruu up't Slott, dat is uck en Süster to Wulf Königssoehn de Lahme, de nimmt ehr fründlich up, un do blifft se de Nacht dar. Fröh morrns will se wedder afste', do kümmt ehr en Kinnerfruu in'e Mööt mit en lütte Deern up'e Arm, un se markt wedder foorts, dat is ehr eegne Dochter, un se nimmt dat Kind in'e Arms un gifft dat en Söten. Man denn strevt se sik wedder un kamen wieder un löppt de heele Dag achter de Wulf sin Spoor ran, de ward se ümmer noch wies.

Hen to Avend kümmt se möö' un matt vör en hoge Glasbarg, un as se dar an tohööcht kickt, do süht se wied baven ehr Wulf klarrn, un denn is he uck al bald baven up'e Barg. En lütte Ogenblick süht se em dar baven as Minsch stahn, un he winkt dal na ehr. Man foorts is he güntsiet de Barg verswunnen. Do versöcht se dat foorts un kamen em achterran up'e Barg rup. Man dat is heel unmoeglich för ehr, de Barg is gresig steil un glatt as en Speegel, bloots nich dar, 'nem dar Ritzen un Spleten sünd, man de sünd so scharp as en Raseermess, se snitt sik dar blots blöddig an un kann doch keen Stä' Foot faten.

Do sett se sik dal nedden an'e Barg un weent, un sodennig sitt se de heele Nacht. De neegste Morrn versöcht se wedder un finnen en Stä', 'nem se kann up'e Barg rupkamen, man dat is allerwegens lieker unmoeglich. Se snitt sik bloots blöddig un kümmt doch keen Stä' hen. Un as se nu an'e Barg tohööcht kickt, süht se, wodennig de Wulf uck bi elkeen Tritt hett blödden musst, man he hett sik doch tominnst mit sin scharpe Klauen fastholen kunnt. Do sett se sik wedder dal un weent solte Tranen. Do kümmt dar en ole Mann an un fraagt, warum se weenen deit. Ja, seggt se, se will un mutt oever de dare Glasbarg roever, man dat geiht un geiht nich, darum. Do seggt he to ehr, se schall man na de neegste Smä' gahn un laten sik en paar Iesenschoh mit spitze Doorns ünner maken. Un denn gifft he ehr noch en Putt mit Salv, dar schall se naher, wenn se roeverkamen is, denn schall se dar ehr Fööt mit insmeern, dat se wedder heel warrn.

Se geiht denn ja na de Smä' un kriggt de Schoh maakt, un denn klarrt se an'e Barg tohööcht. Dat geiht man wat langtoegsch, un dat ward ehr bannig suer, un lang' ehrer se baven is, do sünd ehr Fööt so twei, de sünd dat reine blöddige Fleesch. Man se verbitt sik de Wehdaag, un upletzt kümmt se nich bloots rup up'e Barg, man uck up'e anner Siet wedder dal. Dar smitt se sik an'e Grund un kriggt gau de Iesenschoh ut; un as se sik denn de Fööt insmeert hett mit de Salv, do sünd de foorts wedder heel un gesund.

Dat Land, 'nem se güntsiet de Barg henkümmt, süht ganz anners ut as allens, wat se bet darhen sehn hett. Dar stahn so vel smucke Böme, Büsche un Blöme, so wecken hett se noch nie nich sehn. Un liek vör ehr liggt en Slott, dat is so groot un smuck, so wat hett se uck noch nich sehn, dat süht ut, as wenn dat is buut ut idel Gold.

Hier finnt se uck wedder de Wulf sin Spoor, man dar sünd Blootdrüppen in. Se geiht 'n na langs de Weg un liek hen na't Slott. Dar hollt 'n up, un dar is keen Wulfsspoor to sehn, de wedder vun't Slott weggeiht. Do denkt de Prinzessin, hier mutt he wiss we'n. Man se denkt sik ja uck, hier is sachs uck de Hex to Huus, de em verwünscht hett un 'nem he wedder hen mutt, för dat *se* nich hett hört na em. Darum fraagt se keen Stä' na Wulf Königssoehn de Lahme, se geiht dal na de Koek un fraagt, um en arme Deern dar nich kann en Deenst kriegen. Jo, dat kann se sachs, se hebben ja nu all Hülp nödig, de Dochter in't Huus schall ja bald Hochtied fiern. Un de Prinzessin kriggt en Stä' as Waschdeern.

Do schickt de Hex ehr de eerste Dag – dat is würklich de Hex, de Wulf Königssoehn verwünscht hett, de dar in dat Slott wahnen deit – de schickt ehr dal na de Au mit en Stück witte Wulltüüg. Dat schall se waschen un kloppen, bet dat ganz swatt is. Un kann se dat nich, denn so schall se foorts ut'e Deenst jaagt warrn. Se wascht un kloppt un wascht un spöölt, man dat Tüüg ward blots witter un ümmer witter un nich swatt. Do weet se sik nich mehr to raden, se sett sik daal un weent solte Tranen. Do kümmt de ole Mann wedder, de

ehr al hett oever de Glasbarg hulpen. He fraagt, warum
se weenen deit, un as se em dat seggt hett, do seggt he:
„Ja, wenn du Hartleevste to mi seggen wullt, denn will
ik di helpen." – „Nee", seggt se, „ik heff mal en Hart-
leevste hatt, man em seh ik nümmer mehr." – „Na, ik
mutt di ja man liekers helpen", seggt de Ole, un do haut
he up dat Tüüg mit sin Stock, un do is dat foorts swatt
as Koehl. As de Prinzessin mit dat swatte Tüüg bi de
Hex ankümmt, do seggt de: „De hett di nich up't Ohr
haut, de di dat bibröcht hett. Kannst du witt to swatt
waschen, denn so kannst du sachs uck swatt to witt
waschen. Morrn scha'st du dat swatte Wulltüüg wa-
schen, bet dat witt is as Snee, anners scha'st du ut'e
Deenst jaagt warrn."

De neegste Dag geiht de Prinzessin wedder dal na de
Au, un se wascht un kloppt un wascht un spöölt, man
dat Tüüg blifft so swatt, as et is. Do sett se sik wedder
dal un weent; un do kümmt wedder de dare ole Mann
un seggt jüst so as güstern, wenn se Hartleevste to em
seggen will, denn will he ehr helpen. Man se seggt nee,
se hett mal en Hartleevste hatt, man de süht se nüm-
mer mehr. „Na, ik mutt di man liekers helpen", seggt de
Ole, un denn tickt he an dat Tüüg mit sin Stock, un do
is dat foorts so witt as frische Snee. As de Hex nu ehr
Tüüg wedderkriggt, un dat is so witt as se sik dat man
wünschen kann, do seggt se: „Du büst en düchtige
Deern, un kannst du so vel, denn kannst du uck noch
mehr. Nu scha'st du hen na min Süster in Knickenbüll
un de Bruutputz halen för min Dochter, de schall bald
Hochtied maken."

De neegste Morrn maakt de Prinzessin sik up'e Reis,
man se is noch nich wied af vun't Slott, do kümmt se an
en Stä', dar gahn so vel Weg' utenanner, se weet nich,
wat för een dar geiht na Knickenbüll. Do sett se sik dal
an'e Gravenkant un weent solte Tranen. Mitmal kümmt
dar en smucke junge Mann an, snackt fründlich mit ehr

un fraagt: „Warum weenst du, smucke Deern?" – „Och",
seggt se, „ik schall na Knickenbüll un halen en Bruut-
putz, man ik kenn nich Weg noch Steg." – „Tja", seggt
he, „wenn du Hartleevste to mi seggen wullt, denn will
ik di woll helpen." – „Nee", seggt se, „ik heff mal en
Hartleevste hatt, man de seh ik nümmer mehr." – „Na,
seggt de junge Mann, „ik mutt di man liekers helpen.
Dar is en Barg, 'nem du bi uppassen musst, dat de dare
Reis uck guut geiht. Hier hest du en lütte Gaarnkluun.
De smittst du vör di up'e Weg, un denn geihst du ach-
terran, 'nem 'n henrullen deit, un wickelst dat Gaarn up
jüst so gau, as dat vun'e Kluun aflopen deit. Denn
kümmst du an en Heckpoort", seggt he, „de sleit ümmer
up un to. Hier hest du en Iesenboegel, de settst du up't
Heck, dat et dichtholen ward. Denn kümmst du na en
grote Flock Göös", seggt he, „un de sünd gefährlich, so
groot un stark un tücksch, as se sünd. Man hier hest du
en Paas mit Koorn, dat musst du se henstreu'n, denn
doon se di nix. En lütte beten wieder", seggt he, „denn
kümmst du an en Backaben, dar stahn twee Knechten,
de raken in de glöhnige Aben mit se's blote Füüst. De
musst du düsse twee Rakers geven. Denn kümmst du
na en Bruukoek, 'nem twee Deerns mit blote Arms in'e
kakenhitte Ketel röhren. De musst du düsse twee Slee-
fen geven. Darna kümmst du an en grote Iesenpoort",
seggt he, „'nem twee grote, wille Hünne vör liggen. Dar
kümmst du an vörbi, wenn du se de beide Bröde giffst,
de ik hier heff. Un de dare Poort", seggt he, „de knarrt
un schriet up ehr rustige Hängen, dat hört sik gresig
an; man hier hest du en Putt Fett, dat du de Poort sme-
ren kannst. Un kümmst du denn na Knickenbüll", seggt
he, „denn musst du de Hex um'e Bruutputz för ehr Süs-
ter fragen. Man du musst jo un jo nix eten vun dat, wat
se di anbeden deit. Un du musst an denken un gahn
desülve Weg torügg un di nich umkieken."

Nu packt de Prinzessin allens tohopen: de Gaarnkluun
un de Iesenboegel, de Koornpaas un de Rakers, de Slee-

fen, de Bröde un de Putt mit Fett; un denn lett se de
Kluun dalrullen up'e Weg. De löppt flink vöran, un se
geiht achterran un wickelt de Faden wedder up. Un
sodennig kümmt se an de Heckpoort, de sleit ümmer up
un to. Do sett se dar ehr Iesenboegel rup, dat 'n to is.
Un denn kamen al de grote Göös up ehr dal, de fuddert
se mit dat Koorn. Un de Knechten bi de Backaben gifft
se de Rakers, un de Deerns an'e Bruuketel gifft se de
Sleefen. Un de Hünne vör de Poort gifft se de Bröde, un
se smeert de Hängen mit Fett, dat se nich mehr knar-
ren un schrien. Denn kümmt se rin na Knickenbüll. Dar
sitt de Hex up en hoge Stohl un grient ehr böös an. De
Prinzessin bringt ehr Gröten vun ehr Süster un fraagt
ehr um'e Bruutputz för de Dochter ehr Hochtied. Do
steiht de Hex up un seggt, se will 'n foorts halen. Wiel-
des schall de Deern man en beten wat eten, seggt se, un
se gifft ehr en Kalvsfoot, dar schall se an knabbern.
Man de Hex is man knapp ut'e Dör, do smitt de Prin-
zessin de Kalvsfoot ünner de Bank.

De Hex kümmt wedder rin, un dat Eerste, wat se seggt,
is: „Kalvsfoot, wonem büst du?" – „Ünner de Bank",
seggt 'n do. Do haalt de Hex 'n dar rut un seggt to de
Prinzessin, se schall sik dat feine Eten doch smecken
laten. Se mutt blots noch mal rut, seggt se, un packen
de Bruutputz fein in. Do nimmt de Prinzessin de Kalvs-
foot un stickt 'n in ehr Bussen. Un foorts kümmt de Hex
wedder rin un fraagt: „Kalvsfoot, wonem büst du?" –
„In'e Bost", seggt de Kalvsfoot. „Na, büst du in'e Bost",
seggt de Hex, „denn kümmst du uck bald in'e Buuk", un
denn gifft se de Prinzessin en Schachtel un seggt, se
schall dar guut up uppassen un sik jo nich ünnerstahn
un maken 'n up ünnerwegens.

Do maakt de Prinzessin, dat se wedder t'rügg kümmt;
man as se an'e Iesenpoort kümmt, do röppt de Hex ehr
achterran: „Poort, quäl ehr!" Man de Poort antert un
seggt: „Nee, dat do ik nich; ik heff nu so lang' knarrt un

schriet", seggt 'n, „man nie nich is dar een we'n un hett mi smeert, bet se kamen is.". Do röppt de Hex wedder: „Hünne, biet ehr un toriet ehr!" Man de Hünne seggen: „Nee, dat doon wi nich, nu hebben wi hier so lang' stahn un hebben huult un bellt, man nie nich is dar een we'n un hett uns fuddert, bet se kamen is." Denn kümmt de Prinzessin bi de Bruukoek, do schriet de Hex wedder: „Bröh ehr, Deerns!" Man se seggen: „Nee, en ole Schiet woe'n wi doon; nu hebben wi hier so lang' stahn un uns sülven bröh'n musst, bet se uns Sleefen geven hett." Nu kümmt se bi de Backaben, un do bölkt de Hex na de Knechten: „Back ehr, verbrenn ehr!" – „Nee", seggen de Knechten, „nu hebben wi hier so lang' stahn un uns sülven verbrennen musst, bet se uns Rakers geven hett." Denn kümmt se na de Göös: „Pedd ehr doot, pedd ehr doot!" bölkt de Hex. „Nee, dat doon wi nich, nee, dat doon wi nich", snatern de Göös un lopen rum un picken dat Koorn up. Denn kümmt se an'e Heckpoort. Do hört se de Hex achter sik krieschen: „Klemm ehr in! Klemm ehr doot!" Man „nee", seggt dat Heck, „ehr will ik nich klemmen, se hett mi en Iesenboegel geven, dar heff ik al Hunnerte vun Jahren na lengt."

Nu hett de Prinzessin ja all de Gefahren guut over-stahn. De heele Weg hett se sik nich eenmal umkeken, man is ümmer wiederlapen. Nu is se heel ut'e Puust, un do sett se sik en beten dal för un ruh'n sik ut. De Schachtel hett se in'e Hand. De Hex hett ja woll seggt, se schall 'n nich upmaken, man hier hett se ja nix mehr to seggen. Un de Prinzessin is so nieschierig un sehn de dare Bruutputz. Do maakt se de Deckel en lütte beten up, dat se in'e Schachtel rinkieken kann. Man wupp! flüggt dar en lütte Vagel rut ut'e Schachtel, un weg is 'n. Do blarrt de Prinzessin ja los. Nu is se ja heel un deel in'e Kniep. Se truut sik ja nich un kamen na Huus ahn de Bruutputz, un nochmal hengahn na Knicken-büll, dat truut se sik uck nich. Nu weet se sik gar nich to laten.

Do steiht de dare smucke, junge Mann wedder vör ehr, de ehr hett all de gude Raat un all de Kraam geven, un fraagt ehr, wat dar nu denn wedder passeert is. Un do klaagt se em ehr Noot. – „Tja", seggt he, „wenn du Hartleevste to mi seggen wullt, denn will ik di uck dütmal helpen." Se kickt em an: Smuck is he, un nett is he, un he süht Wulf Königssoehn de Lahme düchtig liek – man he is dat doch nich. „Nee", seggt se, „ik heff mal en Hartleevste hatt, man de seh ik nümmer mehr". Do deit de junge Mann eerst so, as wull he wiedergahn, man denn seggt he: „Ja, ik mutt di doch man liekers helpen". Un do fraagt he: „Wat hett de Hex di to eten geven?" – „En Kalvsfoot", seggt se. „Un hier is 'n", sett se hento un kriggt 'n rut ut ehr Bussen. Do nimmt de junge Mann de Kalvsfoot, un he tickt 'n an mit sin Stock un seggt: „Kalvsfoot, loop na Knickenbüll um'e Bruutputz un kumm dar foorts wedder her mit."

Do rönnt de Kalvsfoot de Weg lang, dat stofft man so, un foorts is 'n wedder dar mit de Bruutputz. De kümmt wedder rin in de Schachtel, un de Prinzessin strevt sik un kamen wedder na de Hex ehr Hoff un kriegen de Kraam aflevert. „Du büst doch richtig en feine flinke Deern", seggt de Hex. „Morrn hebben wi Hochtied, un du dörvst di de ganze Staat mit ankieken, denn du kriggst Verlööv un dregen Bruutlichten vörweg vör de junge Lüüd."

De anner Dag stellen se denn to to Hochtied. De Bruut is ja de Hex ehr Dochter, un de Brüdigam is keen anner as Wulf Königssoehn de Lahme, em hett de Hex eerst verwünscht hatt, un nu hett se em wedder in ehr Gewalt kregen. Nu is he dar as smucke Minsch un antrocken as en Prinz. Un de Prinzessin kennt em uck foorts wedder. Se steiht mit en Licht in elkeen Hand an de Dör vun'e Saal. De Hex hett ehr dar henstellt un fastbannt, se kann nich Hand noch Foot roegen. De Lichten brennen ümmer deeper dal, se markt de Hitten al in ehr Hänne, man se kann sik nich ut'e Stä' roegen.

Nu sünd se mit Eten ferdig, un de beide junge Lüüd schoe'n in de Bruutkamer bröcht warrn. De Hex geiht vörup un kümmt as Eerste dör de Dör, 'nem de Prinzessin steiht. „Ik verbrenn mi de Hänne", klaagt de Prinzessin. „Brenn man, Licht un Lichtholler mit", seggt de Hex un geiht vörbi. Liek darachter kümmt dat Bruutpaar, un do röppt de Prinzessin luut: „Help mi nu, min Hartleevste!" Do springt de Brüdigam hen na ehr, ritt ehr de Lichtstummeln ut de Hänne un gifft een an de Hex un een an de Bruut. Do moeten se beide stahn as en paar Pielers, een links un een rechts vun'e Dör. Un de Lichten brennen dal, un de Hex un ehr Dochter brennen up, un dat heele Slott brennt dal bet up'e Grund.

Man do sünd Wulf Königssoehn un de Prinzessin al wied weg. Dar, 'nem de Glasbarg legen hett, dar is nu en gröne Wisch. Up'e Weg na Huus gahn se bi sin Süstern vörbi un halen se's beide Kinner af. Se kamen uck na de Prinzessin ehr Vadder un Mudder, un dar blieven se en ganze Tied. Man toletzt reisen se t'rügg in se's eegne Land, dat is nu erlöst vun de Hex ehr Töverie. Un dar hebben se vele, lange Jahren glücklich tohopen levt.

De dree Bröder

Dat is al lang', lang' her, do hett dar en Mann levt, de hett en grote Barg Geld hatt. Man he hett dar rumaast mit, un dat hett nich lang' duert, do is he dat allens los we'n. Un nich bloots dat, sin Soehns hett he uck noch en Barg Schulden vermaakt. Na, toletzt schrammt de Ole ja af, un do kamen dar en Barg Lüüd, de hebben noch Geld vun em to kriegen, un do slepen se af mit de paar Kraamstücken, de dar noch oeverbleven sünd in dat Huus.

As denn de dree Soehns bikamen un woe'n dat Arv deelen, do kriggt de öllste en Fleut, de mittlere en Moehlsteen un de jüngste en lütte Bunk Flass. De öllste nimmt sin Fleut un geiht in de Welt, he will sehn un verdeenen sin Broot. Lange Tied treckt he vun Dörp to Dörp, keen Stä' kann he en Deenst finnen. Do kümmt he mal dör en bannig grote Holt, un do kümmt he deep dar binnen an en Kroog, dar wahnt keeneen in. Na, dat is em recht na de Mütz, he is al bang' we'n vun wegen sin Nachtlager. Dar, denkt he, kann he geruhig un ahn Angst sik utruh'n. He geiht dar rin, leggt sik in een vun de Betten un is bald in Slaap.

In de Nacht kamen dar twee Deerten rin, en Wulf un en Haas. Toeerst verfehrt he sik en beten, man denn vermünnert he sik, kriggt sin Fleut her un blaast dar en paar Töne up. De Wulf verjaagt sik, so'n Musik kennt he ja nich, un he kriggt ganz gresig dat Hulen. Man de Haas huckt sik in en Eck un luustert. As de Wulf sik denn satt huult hett, will 'n utneihn un söcht un kleit an de Wänne, man dat helpt em nix. Jüst do kümmt dar en Reisen an bi de Kroog. He will dar ringahn un maakt de Dör up, un do susen de Wulf un de Haas man so an em vörbi un neihn ut.

Do jumpt de Fleutenpuuster hooch ut sin Bett, kriggt de anner faat bi de Kraag un seggt, wokeen em denn heeten hett un laten de dare Deerten weglopen. He schall se wedder infangen, seggt he, anners geiht em dat an't Leven. De Deerten hören de König, seggt he, un he schall se för em africhten. De reisen Eddelmann hett dar gar keen Twiefel an, dat de anner dat eernst meent, un he bedelt un deit un seggt, he schall em doch man gahn laten. Man dat nützt em nix. He mutt de Lehrer vun de Deerten en Barg Geld hentellen, do ward he em los. Sodennig is de öllste vun de dree Bröder to en schöne Stück Geld kamen un maakt sik up'e Padd t'rügg na Huus.

Up'e T'rüggweg bemött he sin mittlere Broder, de is ok mit sin Arvdeel, de Moehlsteen, in de Welt gahn. Do seggen se sik gu'n Dag, un de öllste vertellt em, wodennig he sin Glück maakt hett.

De anner verleert keen Tied, he kriggt sin Moehlsteen up'e Nack, un dat afste'. Un do kümmt he uck in dat grote Holt. Dat ward Nacht, un he hett keen Ünnerkamen, un do dücht em, dat is an besten un klarren mit sin Backsbern up en Boom för de Nacht. As he dar nu so sitten deit un waakt – dat is ja nich jüst kommodig dar baven, un he is uck ümmer bang', em fallt de Moehlsteen dal – do kümmt dar en Röverbann un sett sik dal jüst ünner de dare Boom, dar woe'n se se's Büüt verdeelen. Een vun de Hallunken bölkt, se hebben em bi't Verdeelen oeverdüvelt. Do röppt de Hauptmann: „So wahr dar en Gott leven deit!" un kickt rup na de Heven un will to Enne swören, man dar lett de mit de Moehlsteen em keen Tied mehr to. He is ja bang', se kunnen em wies warrn, un do kriggt he dat Bevern, un do glitt em de Moehlsteen weg, fallt dal un sleit de Röverhauptmann doot. Dar verfehrt dat Hallunkentüüg sik sodennig oever, se neihn all tohopen ut. As se weg sünd, do kümmt de anner wedder dal vun'e Boom, sackt all dat Gold un Sülver in, wat de Rövers dar t'rügglaten hebben, lett sin Moehlsteen geern dar liggen un geiht wedder na Huus to.

Rein tofällig bemött he sin jüngste Broder, de hett sik betherto rumdreven, man nix beschickt kregen. Em vertellt he, wodennig he unvermoden sin Glück maakt hett, wünscht em Glück bi allens, wat he anfaten deit, un geiht wieder.

De jüngste Broder mit sin lütte Bunk Flass, wat he arvt hett vun sin Vadder, de geiht nu rum, bet he toletzt wied af an en Moorlock kümmt, un dar an't Över sett he sik dal in'e Schatten vun en Boom. As he sik nugg utruht hett, do kriggt he sin Flass rut un denkt, he will dar man Reepen vun maken, un de will he verkopen. As he nu in'e Gang' is mit sin Arbeit, do kümmt dar en Düvel rut ut't Moor un fraagt em, wat he dar maken deit. O, seggt he, he hett Updrag, he schall all de Düvels uphängen, de dar wahnen in dat dare Moorlock. Do verfehrt de Leege sik ja bannig, un he denn foorts dal na de Boeverste un vertellt em, wat dar up se tokamen deit.

De Herr vun'e swatte Flock denkt en Tied na, denn seggt he to een vun sin Deeners, he schall na baven gahn un fleuten mit de Keerl dar baven um'e Wett. De Düvel deit ja, wat em heeten is. He fleutet, un do fallen all de Bläder vun'e Boom. Man de Wannersmann lett sik dat nich ankamen. He seggt to de Düvel, he mutt sik de Ogen verbinnen, anners springen se em rut, wenn he fleuten deit. De Leege deit dat, un do kriggt de Buern-jung sin Wannerstock her un haut de Düvel sodennig een oever de Ogen, de anner neiht foorts ut rin in't Moorlock.

As de Boeverdüvel hört, wodennig em dat gahn hett, do lett he sik wat anners infallen. He schickt en lichtbee-nige Düvel rup na de Keerl, de se uphängen will, he schall mit em um'e Wett lopen. As de Leege em dat seggt, do lacht he un seggt, he kann dat nich mal up-nehmen mit sin lütte Broder, de dar sitt un slöppt in'e Büsche. Un he wiest up en Haas, un smitt en Steen na dat Deert, un do neiht de Haas ut oever alle Bargen. Do geiht de Wettlöper ut't Moor sluukohrig wedder t'rügg na sin Herr.

De gifft nu en grote, starke Düvel Bescheed, he schall sik mit de Buerjung faten. He ja rup na baven un seggt to de Jung, he will sik mit em faten, man de smuustergrient blots un seggt, he deit em leed, denn he mutt dar dootblieven bi. Man he schall man in't Holt gahn, dar liggt sin Grootvadder ünner en Boom, seggt he. Wenn he em oever kann, denn so will he ut Minschlichkeit sik dat gefallen laten un sehn, um he em uck kann oever warrn. De Düvel vertruut up sin ehrliche Gesicht un geiht to Holts. Do finnt he dar en Baar, de liggt dar ünner en Boom. De Düvel triezt de Baar, dat de sik mit em faten schall. Do kümmt de Baar hooch, kriggt de Düvel faat un smitt em an en Boomstamm, dat em Hören un Sehen vergeiht. Dat duert wat, bet em dat infallt un neih'n ut, man denn süht he to un kamen wedder dal in't Moorlock.

De Moorherr verfehrt sik ja bannig, as he dat hört. Nu mutt he de Wannersmann en Sack Geld na baven schicken. Man dat helpt noch nich, darum will he liekers noch alle Düvels uphängen. Un do moeten de Düvels em uck noch de Sack na Huus hen slepen. Sodennig sünd de dree Bröder all riek wurrn, bannig riek.

Königssoehn Jehann

Dar is mal en Königssoehn we'n, de hett Jehann heeten.
Mal will he up Reisen gahn, man dar will sin Vadder
nix vun weeten, he is bang', em passeert wat, man
Jehann geiht liekers afste'. Dat ward Nacht, un do
kümmt he in en grote Holt an en Hexenhuus, dar wahnt
en ole Wief in mit ehr Mann. De dare Hex is so leeg
we'n, se hett all dree Daag tominnst een Minsch upfre-
ten, de hett se vörher in'e Backaben braden. As se de
Konigssoehn in ehr Huus kamen süht, do freut se sik,
dat se wedder kriggt en feine Braa'. He kümmt dar nich
wedder weg, seggt se to em, he schall düchtig för ehr
arbeiten.

De anner Morrn bringt se em hen na en grote Feld, gifft
em en Spaa un seggt, he schall dat Feld bet avends um-
graven, un kriggt he dat nicht t'recht, seggt se, denn so
geiht em dat leeg, un denn geiht se weg. De stackels
Königssoehn hett noch nie nich en Spaa in'e Hand hatt,
un nu schall he in een Dag dat grote Feld umwöhlen.
Dar is he rein vertwiefelt oever, un do smitt he sik an'e
Grund und kriggt dat Blarr'n.

Nu hett de Hex noch en Deern bi sik hatt, de hett Jette
heeten, un de mutt to Middagstied de Königssoehn wat
to eten henbringen, un as se dar henkümmt, do liggt he
dar ümmer noch un blarrt, un vun sin Arbeit hett he
noch nix daan. Do fraagt se em, warum he weenen deit.
Och, seggt he, he kann sehn, he kriggt de Arbeit doch
nie nich ferdig, un darum is he so trurig. Do seggt se, he
schall man nich de Moot verleern, wenn he ehr helpen
will, dat se wegkümmt vun de ole Hex, denn so will se
de Arbeit för em klaarkriegen. Se is keen gewöhliche
Deern, seggt se, se is en Königsdochter; man dat ole
Wief hett se's Slott verwünscht, un do sünd ehr dree
Bröder Riesen wurrn, seggt se, de smieten dar up'e
Slottshoff mit Steens, dat dar keeneen rin kann, un
wenn se dalsmieten, denn smieten se hooch, un wenn se

hoochsmieten, denn smieten se dal. Se sülven, seggt se, se mutt bi de Hex deenen as Deenstdeern. Man wenn se weg woe'n, seggt se, denn so dörven se nich lang töven, denn bi dree Daag mutt se wedder een upfreten, un se hett al seggt, se will de Backaben anböten. Do seggt he ehr to, he will ehr bistahn, un kamen se man glücklich weg, denn so schall se sin Fruu warrn. Man de Deern hett dat Wünschen lehrt hatt, un nu wünscht se denn, dat dat Land umgraavt is, un foorts is de Arbeit daan. Do leggt de Königssoehn sik dal un slöppt bet de Sünn dal is. Denn geiht he na Huus un seggt, dat Land is um-graavt. Guut, seggt de Hex, morrn will se em mehr to doon geven.

De anner Dag bringt se em in't Holt na en gewaltig gro-te Böök, gifft em en Äx und seggt, he schall de Boom umhauen, un wenn he dat t'recht hett, denn schall he 'n in lütte Stücken haun, dat se Füerholt hett. Man kriggt he dat nich klaar, bet de Sünn dalgeiht, seggt se, denn so geiht em dat leeg. Un denn geiht se weg un lett em alleen. Nu hett Jehann noch nie nich en Äx in'e Hänne hatt, un nu schall he in een Dag en allmächtig grote Boom to Lüttholt hau'n. Dar is he so keef oever, he smitt sik an'e Grund un kriggt dat Blarrn.

To Middag hett he noch nich een Slag daan, un as Jette kümmt mit dat Eten, do liggt he dar ümmer noch un weent ümmer ünner sik weg. Do seggt se, he schall dat Blarrn man nalaten, se will de Arbeit doon för em, wenn he man holen will, wat he ehr toseggt hett. Ja, seggt he, dat will he wiss un warraftig holen. Do wünscht se, de Boom schall afhaut un to Lüttholt maakt we'n, un foorts is dat uck al daan. Nu leggt Jehann sik dal un slöppt, bet de Sünn dal is, denn geiht he na Huus un seggt, mit de Boom is he klaar. Is guut, seggt de ole Hex, morrn will se em mehr to doon geven.

De drütte Dag bringt se em an en grote Diek, gifft em de Rand vun en Sef in'e Hand un seggt, he schall de Diek utööschen, man kriggt he dat nich klaar bet to de Avend, seggt se, denn so geiht em dat leeg. Denn geiht se weg un lett em alleen. Jehann kriggt ja wedder dat Blarrn, mit en Sefrand Water utööschen, dat is ja heel unmoeglich.

To Middag kümmt Jette un bringt em wat to eten. Un as se em dar süht an'e Grund liggen un blarren, do snackt se em Moot to un seggt, he schall dat Blarrn man nalaten. Wenn he man holen will, wat he ehr toseggt hett, denn so will se de Arbeit doon för em. Ja, seggt he, dat will he wiss un warraftig holen. Do wünscht se, de Diek schall leddig we'n, un foorts is all dat Water rut, dar is uck nich een Drüpp na.

Denn seggt se to Jehann, düsse Nacht will se em upwecken, un denn woe'n se tosamen utkniepen, dat ward höögste Tied. Se weet, de Oolsch will de anner Morrn de Backaben anböten, un denn ward se em wiss braden un upfreten, wenn se nich tosehn un kamen weg. He schall sik praat hollen. Dat seggt he ehr to. As de Sünn dal is, do geiht he na Huus un seggt, mit de Diek is he klaar. Fein, seggt de Hex, denn so schall he de anner Dag frie hebben, un se deit heel fründlich un lacht, denn se denkt al an de feine Braa'. Un denn geiht dat to Bett.

Bi Nacht steiht Jette up, spütt' dreemal vör ehr Bett hen, weckt Jehann up, un denn lopen se weg, so gau as dat man geiht. Un do seggt de Deern to Jehann, se sülven dörf sik nick umkieken, seggt se, anners hett de Hex ehr wedder in ehr Gewalt. He, Jehann, mutt af un to nakieken, um dar uck nich een is achter se.

Bitieden is de Oolsch denn uck al hoochkamen, se hett de Tied nich aftöven kunnt, dat de Backaben anbött ward. Dar schall Jette ehr bi helpen, darum röppt se na ehr. Ja! röppt de Spütt. Man Jette kümmt nich. Jette! röppt de Oolsch nochmal. Ja! antert de Spütt, man Jette kümmt nich. Do röppt se to'n drütten Mal na Jette. Ja!

röppt de Spütt, man Jette kümmt ümmer noch nich. Do geiht de Oolsch hen na Jette ehr Bett, man dat Nest is leddig, un de Königssoehn finnt se uck nich in sin Bett, un do markt se, de Vagels sünd utflagen. Do löppt se gau hen un weckt ehr Mann, de schall mit dree grote Hünne achter de beiden ran un fangen se wedder in.

Nu kickt de Königssoehn sik mal um, un do is de Keerl mit de Hünne al dicht achter se. Do wünscht de Deern Jehann to en Doornbusch un sik sülven to en smucke Bloom, de steiht dar merrn in. De Keerl kümmt nu ran un will de Doornbusch faatnehmen, man do steken de Doorns em ganz eklig in'e Hänne, un do löppt he gau wedder na Huus un vertellt sin Fruu, he hett de beiden nich faatkregen. Dar weer en Doornbusch, seggt he, un en Bloom dar in, man as he hett de Doornbusch anfaat, seggt he, do hebben em de Doorns staken, un do is he weglapen. Do schimpt de Hex em düchtig ut. He harr de dare Bloom man mitbringen schullt, seggt se, denn so weer de Doornbusch vun alleen kamen. He schall foorts wedder afste' un kriegen de Bloom ran. Do mutt de Keerl mit de dree Hünne wedder afste' un achter de beiden her.

Man de sünd wieldes wiederlapen. Nu kickt Jehann sik mal um, un do is de Keerl mit sin dree Hünne al wedder dicht achter se. Do wünscht de Deern sik to en grote Diek un de Königssoehn to en Ent, de swümmt dar up. Do kümmt de Keerl ja anlapen un süht de Ent, de swümmt ümmer in de Mitt vun de Diek, un do röppt he, Niep, Niep! Niep, Niep!, dat de Ent na em rankamen schall, man de lacht em wat un snoetert ümmer merrn up'e Diek rum, un de Keerl kann 'n nich faatkriegen. Do löppt he wedder na Huus na sin Fruu un seggt, he hett de beiden nich faatkregen. Dar is en grote Diek we'n, seggt he, un dar is en Ent up we'n, man de hett sik ümmer in de Mitt hollen. O, seggt de Oolsch, harr he doch man de Ent griepen kunnt, denn so weer de Diek vun alleen mitkamen. He schall gau wedder hen un halen ehr de Ent. He denn ja wedder afste' mit sin dree Hünne un achter de beiden ran.

Man de sünd al wedder se sülven un sünd gau wieder-lapen. Mal kickt de Königssoehn sik um, un do is de Keerl mit sin dree grote Hünne al wedder dicht achter se. Do seggt Jette, se will sik to en Kruutgaarn wün-schen, un Jehann schall en ole Mann we'n mit en lange Baart un in de Gaarn rumgahn. Un foorts is dat uck so. Do kümmt de ole Hex ehr Mann dar anlapen, man he finnt ja bloots en smucke Kruutgaarn un en ole Mann mit en lange Baart dar in, un do fraagt he em, um dar nich sünd twee lang lapen. Gele Wuddeln, seggt de ole Mann. Um he nich sehn hett, bölkt de anner, wonem de beide Lüüd afbleven sünd, de moeten dar jüst lang ka-men we'n. Gele Wuddeln, seggt de ole Mann. Do fraagt he to'n drütten Mal un bölkt noch luder, man de ole Mann seggt wedder nix as „Gele Wuddeln". Na, denkt de Hex ehr Mann, dat helpt allens nix, denn will he man wedder na Huus gahn. Un he dammelt sik wedder hen na sin Oolsch.

As Jette süht, de Keerl is weg, do wünscht se sik un Jehann gau wedder to sik sülven, un denn lopen se wie-der, un se kamen glücklich an de Grenz, 'nem de Hex ehr Rebeet uphören deit, un do kann se se nix mehr doon.

Nich lang', do kamen se an Jehann sin Slott. Do seggt Jehann to de Deern, dat is sin Vadder un Mudder vel-licht nich na de Mütz, wenn he ehr so eenfach mitbrin-gen deit. He will man eerstmal alleen na se hengahn, seggt he, man dat schall nich lang' wahren, denn haalt he ehr uck rin. Do sett Jette sik up en breede Steen, de liggt dar vör dat Slott, un töövt, dat Jehann wedderka-men schall un halen ehr. Man as he rinkümmt bi sin Vadder un Mudder, do vergitt he de Deern un lett ehr buten sitten up'e Steen un denkt dar nich mehr an.

En Tied later, do lett de Königssoehn mal sin Finster apen, un do flüggt dar en witte Duuv rin, de röppt:

„Jehann hett Jette vergeten
up en breede Steen."

As he dat hört, do fallt em dat upmal allens wedder in, wo guut de Deern we'n is to em un dat he ehr eenfach hett sitten laten, un do hett he keen Ruh mehr, he mutt hen un söken na de Deern.

En lange Tied is he gahn, do kümmt he toletzt an Jette ehr Slott, dat hett de Hex ja verwünscht hatt. Nu is dat jüst Middag, un to de Tied hebben de dree Riesen een Stunn, 'nem se nich smieten moeten, un do kann he eenfach so in't Slott ringahn. Man dar binnen is allens still un leddig, bloots en ole Mann sitt daar, de hett de Kopp in'e Hand leggt un slöppt, un vör't Finster, dar steiht een smucke Bloom. As Jehann do rinkümmt, do sleit de ole Mann de Ogen up un seggt, he schall dat Beste nich vergeten. Na, denkt Jehann, dat Beste hier, dat is ja sachts de dare smucke Bloom, un do nimmt he 'n un will wedder rut ut dat Slott. Man do sünd de Riesen al wedder bi un smieten mit Steens. Man Jehann weet ja, wenn se dalsmieten, denn smieten se hooch, un wenn se hoochsmieten, denn so smieten se dal. Un do passt he de Tied af, 'nem se dalsmieten doon, un he springt gau hen un faat't se an. Un dat is jüst dat Rechte, do sünd de Riesen erlöst un warrn to dree Königssoehns, un ut de smucke Bloom ward Jette, se's Süster, de hett sik to de Bloom wünscht hatt. Un do seggt Jehann to ehr, nu will he ehr uck nümmer nich wedder vergeten, so lang' as he leven deit. Un dat hett he uck truu holen, bet he dootbleven is.

De Hexenmeister un sin Lehrjung

Dar is mal en Vadder we'n, de hett dree Soehns hatt: Jürn, Michel un Hans. Jürn un Michel sünd düchtige, flietige, kralle Keerls we'n, man mit Hans hett de Ole sin Last, eendoont, wat he för'n Arbeit doon schall, he stellt sik tüffelig an un dar is nix un stellen up mit em. De heele Dag dalvert he rum, spelt mit Hund un Katt un lehrt se allerhand Kunststücken, oder he leggt sik up'e Rügg un kickt in'e Heven. Darför seggen se uck Hevenkieker vun em. De Ole weer em geern los we'n vun'e Disch, man keeneen will em in Deenst nehmen.

Mal mutt Hans to Holts un sammeln Sprock. Do kümmt dar en Mann bi em an un fraagt em so'n beten ut. Un truuschullig vertellt Hans em, wodennig sik dat hett mit em, un dat se bloots dumm Hans un Hevenkieker to em seggen. O, denkt de Mann, so'n Keerl kann he bruken, em will he in Deenst nehmen. Un do geiht he mit Hans na Huus un snackt mit sin Vadder, un de Ole is ja froh un warrn em loos, un do warrn se sik bald eenig.

Nu mutt Hans sin Pieselotten tohopenpacken un denn geiht he mit de Mann mit. Dat is em ganz na de Mütz, to Huus hebben se bloots mit em schimpt, un en Swaartvull hett he uck mal kregen. Se sünd al en lange Tied gahn, un Hans is al fix un ferdig, do kamen se an en Holt. Do will Hans sik dar dalsetten, man de anner meent, um dat nich noch en beten geiht. Bald kamen se an en Kroog, seggt he, dar woe'n se eten un drinken un uck Nacht blieven. Do slept Hans sik wieder, un he is vun Harten froh, as se kamen na de Kroog.

Se kamen in de Schenkstuuv, un do sitten dar al allerhand Lüüd binnen, un as de Krögersch kümmt, do fallt Hans meist in Amidaam, so dull süht se ut. Dat is wiss en Hex, denkt Hans bi sik. Man sin Herr deit heel fründlich mit ehr. De kennen sik guut, denkt Hans, man wat geiht em dat an. He itt un drinkt, wat dat

Tüüg holen deit. So fein hett he all sin Levdag noch nich eten un drunken. Nich lang', do mutt he to Bett gahn, un dat is em ganz recht. In so'n feine, weeke Bett hett he noch nie nich slapen. Sodennig is he heel un deel tofreden. Dat is doch beter as to Huus, denkt he.

Fröh an'e neegste Morrn weckt sin Herr em, dat geiht wieder, seggt he. Do rifft Hans sik de Ogen, steiht up un treckt sik an, un na't Fröhstück geiht dat denn wieder. Lange Tied lopen se dör dat Holt, un Hans weet al gar nix mehr. Toletzt kamen se an en Kaat. So, seggt de Herr to Hans, nu sünd se dar, dat is sin Huus. He slütt de Dör up un geiht rin in'e Kaat mit Hans. Bi em hett Hans dat guut, seggt de Herr, eten un drinken kann he, wat he mag, un de Arbeit is uck nich swaar. He mutt de Katt fuddern, un he schall 'n jo nich hungern laten. Brennholt mutt he söken in't Holt un mutt dat lütt maken. Un wenn de Herr nich dar is, denn mutt Hans sülven kaken, anners deit he, de Herr, dat. Hans mutt blots Holt un Water ranhalen, Kantüffeln schellen un Füer anböten. Hans deit allens, wat sin Herr em heeten deit, un de Herr is uck tofreden mit Hans.

Mal seggt de Herr to Hans, he will weggahn, un Hans mutt alleen to Huus blieven. He schall avends ümmer guut tosluten, seggt he, un keeneen in't Huus rinlaten. Kaken kann he sik, wat he will, is allens dar, seggt he. Jo, seggt Hans, he will dat allens richtig doon, un denn geiht de Herr weg. He ward lang wegblieven, seggt he noch to Hans.

Eerst dammelt Hans so in'e Kaat rum, man bi lütten ward em dat langwielig. As he do mal wedder in'e Kaat rumpütjert, do finnt he en lütte Kist, dar sünd Böker in. Na fein, denkt Hans, nu hett he doch wat to lesen. Un he kümmt bi un lest in de Böker, man dat will nich so recht. Dar is en Barg, wat he nich versteiht, un dar sünd all so'n Haken un Staken, de kennt he gar nich. Do geiht Hans en Licht up: Sin Herr is en Hexenmeister. Wenn Hans nu sin Arbeit daan hett, denn simme- leert un gruvelt he in de Böker rum, un darmit vergeiht em de Tied un he ward dat gar nich wies, dat he alleen is. Dat duert en halve Jahr, do kann he all de Böker butenkopps, un hexen kann he uck as man een.

Mal geiht he en Stück in't Holt rin, he will Sprock sam- meln, un as he t'rüggkümmt na de Kaat, do wunnert he sik, de Dör is up, un he weet doch, he hett toslaten. As he in'e Stuuv rinkümmt, do steiht sin Herr dar un kickt em ganz füünsch an. He hett in sin Böker lest, seggt he Hans up'e Kopp to, un wiss hett he uck dat Hexen lehrt. Do markt Hans, dat kunn up Schiet utlopen, un he büxt ut. Dat is keen Doeskopp we'n denkt he, de dar hett dat Utkniepen erfunnen. Man dat nützt em nix. He is noch nich bet vör de Dör kamen, do is de Hexenmeister al achter em. Hans, nich fuul, maakt sik to en Falk un flüggt afste'. De Hexenmeister geiht wedder rin in'e Stuuv, haalt sik en Flint un schütt na Hans. Man Hans hett sik kugelfast maakt, de Kugel deit em nix, un he flüggt geruhig wieder. Do denkt de Hexenmeister, Hans kann dat beter as he, em mutt he mit Knep bikamen, mit Gewalt geiht dat nich.

Hans is oever dat Holt rutflagen, do kickt he sik mal um, man he süht nix, wat snaaksch is, un do flüggt he wedder dal up'e Eerde un maakt sik wedder to en Minsch. As he dar nu so geiht, do is he doch so'n beten benaut; he kann sik denken, de Hexenmeister is achter em ran un will em faat kriegen. Upmal süht he oever sik en Adler, un he kennt foorts sin Herr. Do maakt he sik to en Perd un jaagt afste' in vulle Galopp. Do süht he dar en Buer gahn un hollt liek up em to. De Buer denkt ja, dat is en Peerd, wat dörgahn is, un do fangt he dat in, un Hans lett sik dat gefallen. As de Buer so mit Hans lang de Straat geiht, do kümmt dar en feine Herr an un will dat Perd kopen. Do ward Hans bang', denn de feine Herr is nüms as de Hexenmeister. Do seggt he liesen to de Buer, he schall em nich verkopen. Do fallt de Buer meist in Amidaam; en Perd, wat snacken kann, dat hett he noch nich belevt.

Nu verköfft de Buer dat Perd al gar nich: En Perd, wat snacken kann, dat hett ja nich elkeen Minsch. He bringt dat denn ja na Huus in sin Stall. Man in'e Stall mag Hans up'e Duer uck nich we'n, un do maakt he sik to en Fleeg un flüggt dörch en Splet in't Finster na buten. As he do so fleegen deit, do süht he ünner sik de Hexenmeister gahn, man nich lang', do ward de em uck wies. Do maakt he sik to en Swulk un flüggt achter Hans ran. Meist harr he em faatkregen, man Hans maakt sik gau to en Fingerring un fallt dal vör de Fööt vun en Deern, de geiht dar jüst lang.

De Deern süht de Ring, kriggt 'n up un stickt 'n an'e Finger – dar passt 'n fein hen. Elkeen Dag kümmt dar nu en Mann, de will de Deern de Ring afkopen. Man de Deern will 'n nich hergeven. As he do mal wedder lang' hett vergevs dar um hannelt, do will he ehr de Ring mit Gewalt afnehmen. Do fallt de Ring dal, un do ward 'n to idel Weetenkoorns. De frömde Mann – dat is de Hexenmeister we'n – de maakt sik fix to en Hahn un fritt de Weetenkoorns up. Denn flüggt he weg. Man de Saak hett en Haak. De Hexenmeister denkt ja, he hett Hans upfreten, man de levt noch. Een Koorn is in de Deern ehr Tüffel fullen, un dar hett de Hexenmeister dat nich funnen, un dat is Hans sülven. Un do maakt Hans sik wedder to Hans un friet um de Deern, de em al as Ring an'e Hand dragen hett. Un de Deern mag em lieden un ward sin Fruu.

Un do hebben se lang' tohopen levt un sünd glücklich we'n mit'nanner. Man Hans hett ehr nie nich vertellt, dat he hexen kann un dat se em al hett as Ring an'e Hand dragen. Un he is ümmer guut we'n to sin Fruu, denn he hett sik dacht, wenn se em al as Ring hett lieden mucht, denn so hett se em as Minsch noch leever.

Sin Hexenkünste hett Hans nie nich wedder bruukt, wo he bi't eerste Mal so vel Angst hett utstahn musst. Wenn dar mal is snackt wurrn vun Hexerie, denn so hett he ümmer seggt, dat is nix för ornliche Lüüd.

De Ries un de Königssoehn

Dar is mal en König we'n, de hett dree Soehns hatt. Mal geiht de öllste up Jagd, un as he do rut kümmt vör't Slott, do springt dar en Haas rut ut de Büsche. He ja achterran, verdweer un verdwaß, toletzt witscht de Haas rin in en Watermoehl, un de Prinz ümmer achterher. Man as he do rinkamen deit in de Moehl, do is dat keen Haas mehr, 'nem he achterher is, do is dat en Ries, de luert man bloots up em un sluukt em foorts oever.

Dar vergahn en paar Daag, man de Prinz kümmt nich t'rügg, un do wunnern se sik bi em to Huus un koenen sik dar gar keen Vers up maken, dat he gar nich wedderkamen deit. Do geiht de tweete Soehn up Jagd, un as he rutkümmt vör't Slott, do springt dar wedder de Haas ut de Büsche, un he jaagt 'n uck achterher, verdwass un verdweer. Un upletzt witscht de Haas wedder in de dare Moehl rin, man do is de Prinz uck al bi 'n. As he do rinkümmt na de Moehl, do is dat keen Haas mehr, do is dat en Ries, un de sluukt em foorts oever.

Dar vergahn wedder en paar Daag, un vun de beide Prinzen kümmt keen wedder to Huus, un do maken se sik ja all Sorgen. Do geiht denn uck de drütte Königssoehn up'e Jagd, he will sehn, um he nich kann sin beide Bröder finnen. Un as he ut't Slott rutrieden deit, do springt uck foorts de Haas ut'e Busch, un de Prinz jaagt achter 'n her, verdwaß un verdweer, un do witscht de Haas wedder rin in de Watermoehl. Man de Prinz hett de Näs vull vun un jagen achter 'n ran, un do ritt he wieder, dat he anner Deerten finnen will, un he denkt, wenn he t'rüggkamen deit, denkt he, denn so will he 'n woll finnen.

He stromert nu lang' dör't Holt, man dar will em nix nich vör de Flint kamen, un do kehrt he um un kümmt wedder na de Watermoehl, un do sitt dar en ole Wief. De Prinz fraagt ehr, wonem sin Haas is, un do vertellt de Oolsch em, dat is keen Haas, dat is en Ries, un de hett al en Barg Mischen afmurkst un upfreten. Do verfehrt he sik un seggt, dar sünd wiß uck sin Bröder umkamen. Ja, seggt de Oolsch, un he schall man sehn un kamen weg, anners geiht em dat uck nich beter. Man de Prinz seggt, se, de Oolsch, will doch sachs uck geern dar weg. Ja, seggt se, warum nich, ehr hollt de Ries ja uck dar fast, man dar is ja nix mehr bi to maken. Do seggt de Prinz, wenn de Ries kümmt, denn so schall se em fragen, wonem he ümmer hengeiht un wonem he sin Kraft hett. Un de Stä', seggt he, de de Ries ehr denn angeven deit, dar schall se en Söten updrücken, as wenn se de dare Stä' leev hett, un dat so lang', bet se de rechte Stä' weeten deit, un wenn he, de Prinz, denn wedderkümmt, denn so schall se em dat seggen.

Denn geiht de Königssoehn wedder t'rügg up sin Slott, un de Oolsch blifft in de Moehl, un as de Ries do na Huus kümmt, do fraagt se em, wonem he doch we'n is un wonem he doch ümmer so wied hengahn deit. Ja, seggt de Ries, he geiht bannig wied. Do fangt de Oolsch an un ficheln mit em, dat se em utfragen kann, wonem he hengeiht un wonem sin Kraft is. Wenn se weeten dä, seggt se, wonem sin Kraft liggen deit, denn so wull se de dare Stä' en Söten updrücken vör idel Leev. Do mutt de Ries doch lachen un seggt, sin Kraft sitt dar in'e Füerheerd. Do geiht de Oolsch dar foorts hen un eit de Heerd un gifft 'n een Söten na de anner. Do ward de Ries noch duller lachen un seggt, se is ja wull tumpig, dar is sin Kraft ja gar nich in, nee, seggt he, de is dar buten in'e Boom vör de Moehl. Do geiht se gau na de dare Boom un leggt ehr Arms um 'n un gifft 'n en Söten. Do lacht de Ries luuthals un seggt, se is doch man eenmal tumpig, dar is sin Kraft doch uck nich in.

Do fraagt de Oolsch em, wonem 'n denn is, un do vertellt he ehr, de is wied, wied weg, so wied, dar kümmt se nie nich hen. Wied weg in en anner Riek, seggt de Ries, dar is blangen en Königsslott en See, un in'e See, dar is en Waterries, un in'e Ries, dar is en Swien, un in dat Swien, dar is en Haas, un in de Haas, dar is en Duuv, un in de Duuv, dar is en Lünk, un in de dare Lünk, seggt he, dar is sin Kraft in. Nee, seggt de Oolsch, dat is ehr to wied un gahn dar hen un geven 'n en Söten.

De neegste Morrn geiht de Ries wedder weg vun de Moehl, un do kümmt de Prinz wedder, un de Oolsch vertellt em wiedlöftig allens, wat se hört hett vun de Ries. Do geiht de Prinz wedder na Huus, un dar treckt he sik Schäpertüüg an un nimmt en Schäperstock in de Hand, un sodennig verkleedt as Schäper geiht he in'e Welt. Un as he so rumtreckt vun Dörp to Dörp, vun Stadt to Stadt, do kümmt he upletzt uck in dat dare Land un na dat dare Königsslott, 'nemvör dar in en See de Ries husen deit.

As he do rinkümmt in't Slott, do fraagt he, um se nich koenen en Schäper bruken. Ja, seggen se, de König söcht jüst een. Do geiht he foorts hen na de König, lett sik bi em mellen, un foorts fraagt de König em, um he will sin Schaap wahren. Ja, seggt he, dat will he geern. Do nimmt de König em in Deenst, un he vertellt em, nich wied af, dar is en See, un dar an lang liggen de feinste Wischen, un wenn he sin Schaap nu rutdrieven deit, denn so verdeelen de sik foorts rund um'e See. Man vun all sin Schäpers, seggt de König, de vör em dar rutgahn sünd, vun de is nich een t'rüggkamen, un darför schall he man de Schaap nich henlopen laten, 'nem se woe'n, man he schall se darhen drieven, 'nem em dat an besten dücht.

Do seggt de Prinz velen Dank to de König, un denn maakt he sik klaar för un drieven de Schaap rut, un do nimmt he twee Jagdhünne mit, de koenen noch duller lopen as en Haas, un en Falk, de kann elkeen Vagel in de Luft faat kriegen, un en Dudelsack. Un as he de Schaap rutdrieven deit, do lett he se foorts dalgahn na de See, un dar verdeelen se sik foorts. De Prinz sett sin Falk up en Stubben un stellt sin Hünne un sin Dudelsack dar achter. Denn rullt he sin Büxenbeens un Ärmels hooch, waad't in't Water rin un röppt na de Ries, he schall sik mit em faten, wenn he nich is en Wiefstück. Un de Ries röppt t'rügg, he will foorts kamen. Un nich lang', do is he dar, un he is bannig groot un gresig. Un as he rut kümmt ut't Water, do faten se sik, dat se sik dalkriegen, de heele Sommerdag bet Middag. As middags de Sünn brennen deit, do seggt de Ries, de Prinz schall em man sin hitte Kopp in'e See duken laten, denn so will he em smieten bet an'e Heven. Do antert de Prinz, de Ries schall man nich so grootsnutig we'n. Wenn de König sin Dochter em man wull en Söten up'e Vörkopp geven, seggt he, denn so wull he de Ries noch höger smieten. Do lett de Ries af vun em un vertreckt sik wedder in'e See. Hen to Avend wascht de Prinz sik denn fein, maakt sin Tüüg up Schick, nimmt de Falk up'e Schuller, de Hünne vör sik un de Dudelsack ünner de Arm, un denn drifft he sin Schaap na Huus un spelt sin Dudelsack dör de Stadt. Un de Lüüd, de wunnern sik all, vördem is ja noch keen Schäper wedder t'rüggkamen.

De neegste Dag maakt he sik wedder klaar un geiht mit de Schaap liek na de See. Dütmal schickt de König em twee Rieders achterna, de schoe'n heemlich uppassen, wat he maakt. Un de Rieders gahn up en hoge Barg, vun dar koenen se allens fein sehn. Un as de Schäper kümmt, do stellt he de Hünne un de Dudelsack achter de dare Stubben, de Falk baven up, denn rullt he Büxenbeens un Ärmels hooch, waad't in'e See rin un röppt na de Ries, he schall sik mit em faten, wenn he nich is en Wiefstück. Un de Ries röppt t'rügg, he will foorts kamen. Un wupp! is he uck al dar, un he is bannig groot un gresig. Un se faten sik wedder, dat se sik dalkriegen, de heele Sommerdag bet Middag. Man as middags de Sünn brennen deit, do seggt de Ries, de Prinz schall em man sin hitte Kopp in'e See duken laten, denn so will he em smieten bet an'e Heven. Do antert de Prinz wedder, de Ries schall man nich so grootsnutig we'n. Wenn de König sin Dochter em man wull en Söten up'e Vörkopp geven, seggt he, denn so wull he de Ries noch höger smieten. Do lett de Ries foorts af vun em un vertreckt sik in'e See.

Hen to Avend geiht de Königssoehn wedder los mit de Schaap, spelt up sin Dudelsack un drifft de Schaap na Huus. Un as he vör't Slott kümmt, do is de heele Stadt up'e Beens, un se wunnern sik all, dat de Schäper elk- een Avend na Huus kamen deit, dat hett vör em noch keeneen t'rechtkregen.

Man de beide Rieders, de hebben dat ja allens mit an- keken, un se rieden em vörut na dat Slott, un dar ver- tellen se de König allens, wat se sehn un hört hebben. Un as de König richtig de Schäper na Huus kamen süht, do lett he sin Dochter kamen un vertellt ehr al- lens, un denn seggt he, de neegste Dag schall se mit em na de See gahn un schall em en Söten geven up'e Vör- kopp. As de Deern dat hört, do kriggt se dat Blarrn, un se seggt, se is doch sin eenzige Kind, um he denn nich bang' is, dat se um't Leven kümmt. Man de Vadder be- gööscht ehr un maakt ehr Moot un seggt, se schall man nich bang' we'n. Se hebben doch al so vel Schäpers hatt, seggt he, un nich een is t'rüggkamen vun de dare See, un düsse hett sik al twee Daag mit de Ries faat't, un em is nix passeert. He ward sachs de Ries heel un deel dal- kriegen, seggt he, darum schall se de neegste Dag mit em gahn, dat se de dare Plaag loswarrn, de al so veel Minschen dat Leven kost't hett.

As de neegste Dag de Sünn rutkümmt, do steiht de Schäper up, un de Deern uck, un se maken sik klaar un gahn rut na de See. De Schäper is fein toweg', beter as jichens vörher, man de Königsdochter is heel benaut un weent. Man de Schäper begööscht ehr, se schall man

nich weenen, se schall man doon, wat he ehr seggt, un
wenn dat so wied is, denn schall se gau henkamen un
em en Söten geven up'e Vörkopp, un se schall man blots
nich bang' we'n, seggt he.

As se denn losgahn, do is de Schäper ümmerto lustig un
fein toweg', man de Deern geiht blangen em un weent
un blarrt, un do lett he af un to dat Spelen na un be-
gööscht ehr un seggt, se schall man nich weenen un
nich bang' we'n. Se kamen an de See, un de Schaap
verdeelen sik foorts rund 'rum. De Prinz sett sin Falk
up'e Stubben, de Hünne un de Dudelsack stellt he dar
wedder achter, denn rullt he Büxenbeens un Ärmels
hooch, un röppt nochmal na de Ries, se woe'n sik noch-
mal faten, wenn he nich is en Wiefstück. Un de Ries
röppt t'rügg, he will foorts kamen. Un süh! dar is he uck
al, un he is bannig groot un gresig. Un se faten sik wed-
der, dat se sik dalkriegen, de heele Sommerdag bet Mid-
dag. Man as middags de Sünn richtig brennen deit, do
seggt de Ries, de Prinz schall em man sin hitte Kopp
in'e See duken laten, denn so will he em smieten bet
an'e Heven. Do antert de Prinz, de Ries schall man nich
so grootsnutig we'n. Wenn de König sin Dochter em
man wull en Söten up'e Vörkopp geven, seggt he, denn
so wull he de Ries noch höger smieten. Do kümmt de
Königsdochter gau hen na em un gifft em en Söten up'e
Vörkopp. Do swunkt he de Ries un smitt em hoch in de
Wulken, un as he fallt dal up'e Eerde, do basst he in
dusend Stücken. Un do kümmt dar en wille Swien rut
un rennt weg, man de Königssoehn hisst sin Hünne up
et, un de Hünne jagen achter dat Swien ran un kriegen
et faat un rieten dat in Stücken. Un ut dat Swien
springt en Haas rut un löppt oever't Feld, man de Prinz
schickt sin Hünne achterna, un de kriegen 'n faat un
rieten 'n in Stücken. Foorts flüggt ut de Haas en Duuv
rut. Do lett de Königssoehn de Falk hoochstiegen, de
fangt de Duuv un bringt 'n na de Prinz, de snitt 'n up,
un do is dar en Lünk in. De hollt he fast un fraagt 'n,

wonem sin Bröder sünd. Do seggt de Lünk, dat will 'n em geern vertellen, he schall 'n man nix doon. Achter sin Vadder sin Slott, seggt de Lünk, dar liggt en Watermoehl. Dar binnen wassen dree slanke Roden, seggt 'n, de schall he afsnieden un dar schall he mit up se's Wuddel slaan. Denn deit sik foorts en grote ieserne Dör up, de geiht dal na de Keller, un dar nedden, dar sünd so vel Minschen, olen un jungen, armen un rieken, lütten un groten, Fruunslüüd un Kinner, so vel sünd dat, dar kann 'n en heele Riek mit vullmaken, un dar sünd uck sin Bröder, seggt de Lünk. As de Lünk dat hett seggt, do nimmt de Königssoehn 'n faat un dreiht 'n de Hals um.

As he sodennig de Ries an'e Kant kregen hett, do ward dat al schummern, un do wascht he sik fein, kriggt sik de Falk up'e Schuller un de Hünne blangen sik un de Dudelsack ünner de Arm, un so spelt he sin Schaap lustig hen na de Stadt un geiht rin na dat Königsslott, un de Deern geiht achter em un is noch heel benaut. Un as he rinkümmt, do lopen wedder all de Lüüd tosamen un wunnern sik.

Dütmal is de König sülven buten we'n up de dare Barg, 'nem de beide Rieders de Schäper tokeken harrn, un nu hett he sülven de Schäper sin Kraasch sehn, un wat dar allens passeert is. Un do lett he de Schäper foorts kamen un gifft em sin Dochter to Fruu, lett se ganz richtig heiraten in'e Kirch, un se fiern en heele Wuch. Nu eerst vertellt de Königssoehn, wokeen he is un wonem her, un do freut de König sik noch duller, un de heele Stadt uck. Un as he geern na Huus will, do gifft de König em sin Dochter mit un en Barg Lüüd, un he rüst't em sülven ut för de Reis.

As se an de dare Watermoehl kamen, do lett de Prinz all sin Lüüd buten un geiht dar alleen rin. Dar finnt he de dree Roden, snitt se af un haut dar up se's Wuddel mit. Foorts geiht dar en ieserne Dör up, un in'e Keller süht

he Minschen ahn Tall. Do seggt he, se schoe'n rut-
kamen, een na de anner, un schoe'n hengahn, 'nem se
woe'n. Sülven blifft he stahn an'e Dör. Un as sodennig
een na de anner an em vörbigeiht, do kamen dar upmal
uck sin beide Bröder, un do fallen se sik um'e Hals un
freuen sik. As de Lüüd denn all buten sünd, do seggen
se em velen Dank, dat he se hett erlöst un rett't, un
elkeen geiht na Huus. Un do geiht he uck mit sin Brö-
der na Huus na sin Vadder, un dar hett he levt un re-
geert, bet he dootbleven is.

De Doesbartel un sin Fründ, de Wulf

Dar is mal en ole, blinne König we'n, de hett dree Soehns hatt. Twee darvun sünd klook we'n, man de drütte is en Doesbartel. De König hett en grote Gaarn, dar steiht en smucke Appelboom in mit feine Appeln. Mal markt en Deener, een vun de Appeln is nich mehr dar. Do schickt de König de neegste Nacht sin öllste Soehn in'e Gaarn, he schall uppassen. Man de slöppt in, un as de neegste Morrn de Deener upsteiht un kümmt na de Appelboom, do fehlt dar al wedder en Appel.

De neegste Nacht schickt de König sin tweete Soehn up Posten. Man de slöppt uck in, un as de Deener de anner Morrn nakickt, do fehlt dar wedder en Appel. De drütte Nacht schickt de König de Doesbartel hen, Hans hett de heeten. Hans geiht ja in'e Gaarn, un he snitt sik en Doorntwieg af. He sett sik dal up en Stohl, un dar stickt he de Doorn sodennig rin, wenn he inslöppt, denn so mutt he sik dar an steken. Up de Aart blifft he waak bet Middernacht, un do kümmt dar en Vagel anflagen, de sin Feddern lüchten sodennig, de heele Gaarn is dag-hell. Nu süht Hans, de Vagel sett sik dal up'e Spitz vun'e Boom. Do kriggt he sin Flint faat, leggt an un schütt dör de Twiegen na de Vagel, un schütt 'n en Fedder af. Un de Fedder sammelt he up, de lücht't as woll en Talliglicht in'e Nacht lüchten deit.

De neegste Morrn geiht Hans mit de Fedder na sin Vadder, un as he em de vör de Ogen hollen deit, do kann de Ole al en beten wedder kieken. Do will de König sin beide öllste Soehns losschicken, se schoe'n de dare Aart Vageln söken, man Dummhans schall nich mit. Man de fichelt un triffeleert so lang, toletzt lett de König se all dree lostrecken.

Do rieden se denn de Straat lang. Hen to Avend kamen se an en Kroog, dar is en Wetfruu Krögersch. De öllste Broder fraagt ehr, um se se upnehmen will för de

Nacht, un ehr is dat recht. Hans spelt de Deener bi sin Bröder un wahrt se up. De Krögersch, de mag em lieden, un do fraagt se em, um se nich woe'n Mann un Fruu warrn. Ja, seggt he, geern, man se schall em en Andenken mitgeven up'e Reis, dat he ehr nich vergeten deit. Do schenkt se em en Scheer un seggt, mit de dare Scheer mutt he bloots eenmal klippen, denn is de Kledaasch foorts t'recht. An'e neegste Morrn stahn se up – Hans bedeent wedder sin Bröder bi't Fröhstück – un seggen de Krögersch velen Dank för de Harbarg, un wieder geiht dat.

Se rieden de heele Dag, un hen to Avend kamen se an en Kroog, un de hört uck wedder en Wetfruu to, un dar fragen se um en Nachtlager. Hans bedeent wedder sin Bröder bi Disch, un do mag de Krögersch em lieden un seggt, um se nich woe'n Mann un Fruu warrn. Ja, geern, seggt Hans, man se schall em en Andenken mitgeven, dat he ehr nich vergeten deit. Do schenkt se em en Mess un seggt, dar mutt he bloots en beten mit up'e Disch rumfahrwarken, un denn stahn dar foorts allerhand feine Bradens up. De neegste Morrn bedeent Hans wedder sin Bröder bi't Fröhstück, denn seggen se velen Dank för't Nachtlager un rieden wieder.

Se rieden de heele Dag, un hen to Avend kamen se wedder an en Kroog. Se fragen um en Nachtlager, un se warrn dar upnahmen. Hans spelt bi Disch wedder de Deener. Un de Krögersch fraagt em, um se nich woe'n Mann un Fruu warrn. Ja, seggt he, dat schall em recht we'n, man se schall em man en Andenken mitgeven up'e Reis, dat he ehr nich vergeten deit. Do schenkt se em en Beker un seggt, he mutt dar bloots en beten mit up'e Disch kloetern, foorts steiht dar allerhand feine Kraam to drinken. An'e neegste Morrn rieden de dree Königssoehns denn wieder, un do kamen se an en Krüüzweg. Do seggt de öllste to de tweete, he will hier lang rieden un de anner schall dar lang rieden, un to Hans seggt he, he schall man ümmer liekto rieden.

De beide öllsten kamen denn up se's Weg na Sloet, man Hans, de Doesbartel, kümmt in't Holt, un dar bemött he en Wulf. De Wulf seggt to em, he schall afstiegen un em sin Vadder begraven. Man dar hett Hans keen Lust to. Do seggt de Wulf to Hans, he will uck sin Fründ we'n. So stiggt he denn dal vun sin Perd, de Wulf gifft em en holten Schüffel, wiest em, wonem he dat Graff maken schall, un Hans geiht to Wark. Man as he do t'rügg-kümmt, do hett de Wulf sin Perd upfreten. Do fangt he an un jaueln um dat Perd, un do fraagt de Wulf em, wonem he denn will hen. He is up'e Söök, seggt Hans, na wecke Vageln, dar is annerletzt een vun in sin Vad-der sin Gaarn flagen un hett en Appel plöckt. Och, seggt de Wulf, he weet, up wat för'n Slott de dare Vageln to finnen sünd. Hans schall sik man up em setten, seggt he, un denn will he em hendrägen. Do sett de Prinz sik up'e Wulf sin Rügg, un de driggt em oever de Heid ahn Weg un Steg liek hen na dat Slott.

Nu stahn dar in dat dare Slott dree Vagelbuurn, un de Wulf seggt to de Prinz, dat eerste Buur, seggt he, dat is smuck, dat tweete is noch smucker, un dat drütte, seggt he, dat is dat smuckste. Man he schall dat eerste Buur nehmen, seggt de Wulf, anners kriegen se em faat. Prinz Hans denn ja rin, man he nimmt dat drütte Buur, dar sitt de smuckste Vagel in. Un do kümmt foorts de Herr vun't Slott an un fraagt em, wat he dar maken deit. Och, seggt Hans, he klaut Vageln. Do nimmt de Herr em dat Buur af un fraagt, um he sik guut verstahn deit up dat Stehlen. Ja, seggt Hans. Do seggt de Herr, up dat un dat Slott, dar stahn dree Schimmels, dar schall Hans em een vun klauen, denn kriggt he dar dat Buur för.

Prinz Hans denn ja wedder t'rügg na de Wulf un ver-tellt em, se hebben em faat kregen mit de Vagel, un so un so hett de Herr vun't Slott em updragen. Do seggt de Wulf, he schall sik up em setten, un denn driggt he em

foorts liek hen na dat anner Slott. Un dar seggt he to
Hans, wenn he kümmt in'e Stall, denn so schall he de
Schimmel nehmen, de vörne an steiht. Prinz Hans geiht
in'e Stall: ja, dat eerste Perd is smuck, man dat tweete
is vel smucker, un dat drütte is an smucksten. Un do
nimmt he dat smuckste Deert weg. Un as he de Schim-
mel ut'e Stall ledden will, do kümmt de Herr vun't Slott
un fraagt em, wat he dar maken deit. Och, antert Hans,
he klaut de Herr sin Schimmel. Do nimmt de Herr em
dat Deert wedder af un fraagt em, um he sik guut ver-
steiht up dat Stehlen. Ja, seggt Hans. Do seggt de an-
ner, up dat un dat Slott, dar wahnt en Jumfer, de hett
ehr Leven lang noch keen Mannsminsch ankeken. De
schall Hans em stehlen, denn kann he de Schimmel be-
holen. Prinz Hans denn ja wedder t'rügg na de Wulf un
em allens vertellt, dat se em faat kregen hebben un dat
de Herr vun'e Slott em so un so updragen hett. Do seggt
de Wulf, he schall sik wedder rupsetten, un denn liek
hen mit em na dat Slott, 'nem de Jumfer wahnt.

Prinz Hans treckt sik Deernstüüg an un geiht rin in't
Slott. He geiht liek na de Koek un fraagt de Huushöl-
lersch, um se em hebben woe'n as Schäperdeern. De
Huushöllersch bringt em na de Jumfer. De kickt em an
un seggt, wenn se em so in't Gesicht kickt, seggt se,
denn dücht ehr, he mutt en Mannsminsch we'n. Man
dat will Hans nich wahr hebben, un he besteiht dar up,
nee, he is en Deern. Man de Jumfer kümmt dar liekers
achter, un do lett se em vör en Kaar spannen, un he
mutt Eerde fahren. Mal kümmt Hans to'n Middageten
in'e Lüüdstuuv rin, un de annern Deensten kamen uck
to Disch, un do seggt he, warum se ümmer schoe'n so-
dennig in Plünnen rumlopen, un do kriggt he sin Scheer
rut un klippt dar ümmer noch mal mit, un do hebben se
all en feine Rock an. De Huushöllersch bringt se dat
Eten un süht, se sitten dar all antrocken as de Herren,
un do löppt se foorts hen na de Jumfer un vertellt ehr
dat Wunner.

Do kümmt de Jumfer sülven hen un kieken, un all ehr Levdaag hett se noch nich so'n feine Kledaasch sehn. Se fraagt, wokeen de Snieder is, un do seggt Hans, dat is he. Wodennig he dat denn woll klaar kriegen deit, fraagt se. Och, seggt he, he hett dar so'n lütte Scheer, un wenn he dar eenmal mit klippen deit, seggt he, denn is dat Stück Tüüg ferdig. Do seggt de Jumfer, he schall ehr de Scheer doch schenken. Ja, seggt Hans, denn schall se em ehr Fööt wiesen bet rup an'e Kneen, denn kriggt se 'n. Do verfehrt se sik, se hett noch nie nich wat mit Mannslüüd to doon hatt, seggt se, un do schall se em ehr Fööt wiesen bet an'e Kneen? Man de Huushöllersch begööscht ehr. Wat dar denn woll bi is, seggt se. Se schall em dat man wiesen, seggt se, denn hett se doch de Scheer, un denn mutt se keen Tüüg mehr kopen un sik keen Snieder mehr söken. Do is ehr dat denn recht, un in ehr Stuuv wiest se Prinz Hans, wat he sehn will, un he gifft ehr de Scheer. Man denn mutt he wedder vör de Kaar.

De neegste Dag sitt Prinz Hans wedder mit de annern to Middag in de Lüüdstuuv, un de Huushöllersch bringt dat Eten. Do seggt Hans to de Lüüd, warum se ümmer schoe'n de dare gresige dicke Arften eten, se koenen doch Braden kriegen. Un he kriggt sin Mess ut'e Tasch un fahrwarkt dar en paarmal mit oever de Disch, un boots! stahn dar allerhand Bradens up. Do neihn de Lüüd sik de Bradens to Bost, man de Huushöllersch ja foorts hen na de Jumfer un vertellt ehr, wat dar up'e Disch in'e Lüüdstuuv för'n feine Bradens stahn. Se's dicke Arften, seggt se, de woe'n se nich eten. De Jumfer denn ja sülven hen un fragen, wokeen dat t'recht kregen hett. Tja, seggt Hans, dat is he we'n. Wo he dat denn mit maakt hett, will se weeten. Do kriggt Hans sin Mess rut un seggt, dar hett he dat mit maakt. Do schall he ehr dat wiesen, un do fahrwarkt he wedder en beten up'e Disch rum, un foorts stahn dar wedder allerhand Bradens. He schall ehr dat Mess doch schenken, seggt de Jumfer. Ja, seggt he, dat kann se kriegen, man denn mutt se sik vör em nakelt wiesen bet rup an'e Buuk. Do verfehrt se sik noch duller as vördem, se hett noch nie nich wat mit Mannslüüd to doon hatt, seggt se, un do schall se sik em nakelt wiesen bet an'e Buuk? Man de Huushöllersch begööscht ehr wedder. Wat dar denn woll bi is, seggt se, se schall em dat man wiesen. Se schall dar man an denken: Hebben se dat dare Mess, denn moeten se nich mehr kaken un braden, blots mal eben oever de Disch fahrwarken, un de Bradens stahn dar. Do seggt se to Hans, denn schall he man mitkamen, un se wiest em, wat he sehn will, he gifft ehr dat Mess un mutt denn wedder vör de Kaar.

De neegste Dag bi't Middageten seggt he to de Lüüd, se woe'n doch man mal wat Feines to drinken hebben, un he haalt sin Beker ut'e Tasch, kloetert dar en beten mit up'e Disch, un swupp! steiht dar allerhand feine Kraam to drinken. De Huushöllersch bringt dat Eten un süht de Gedränken, un do haalt se foorts wedder de Jumfer. De hett noch nie nich so wat Leckeres to drinken kregen, un se fraagt, wokeen darför sorgt hett. Dat hett he daan, seggt Hans. Wonem he dat denn mit maakt hett, will se nu weeten. Darmit, seggt he un kriggt sin Beker ut'e Tasch. He schall ehr dat mal wiesen, seggt se, wodennig he dat anstellt. Do kloetert he en beten up'e Disch, un do steiht dar noch mehr to drinken. He schall ehr de Beker doch schenken, segt se. Ja, seggt he, wenn he to Nacht bi ehr slapen schall, denn so kann se 'n kriegen. Do geiht se ja eerstmal weder hooch: Se hett tiedslevens nix mit Mannslüüd hatt, seggt se. Man de Hushöllersch seggt, wat dar denn woll bi is. Se schall dat man doon, seggt se, denn hört ehr ja dat dare feine Ding. Do is dat de Jumfer denn uck recht, se lett em in ehr Stuuv rin un se slapen tohopen de Nacht, un an'e neegste Morrn gifft he ehr de Beker.

Na en Tied seggt Prinz Hans to de Jumfer, he will ehr to Fruu hebben, un he will ehr mitnehmen na sik to

Huus, un se seggt dar ja to. Se hett en Barg Geld, dat nimmt se allens mit. As se nu weg sünd vun de Jumfer ehr Slott un kamen an de Stä', 'nem Hans de Wulf t'rügglaten hett, do sitt de Wulf dar ümmer noch un töövt. Hans gifft em wat to freten, un do fraagt se em, 'keen dat is. Och, seggt he, sodennig sehn bi em to Huus de Perde ut, se woe'n man upsitten, seggt he, denn driggt dat Deert se na Huus. So rieden se denn up'e Wulf afste', un se kamen na dat Slott, 'nem de Schimmels stahn. Do seggt de Wulf to Hans, he schall em gau en Fruenskleed maken, denn will he bi de Herr vun't Slott de Jumfer vörstellen. De Herr hett de Jumfer ja noch nie nich sehn, seggt he, dat markt he nich. Hans schall em henbringen, seggt he, un to em seggen, he dörf de eersten veer Stunnen nich kamen un bekieken de Jumfer, se hett ja noch nie nich en Mann sehn, do kunn se sik up'e Dood verjagen.

Hans bringt de Wulf denn rin in't Slott, un de Herr schenkt em för de Jumfer nich een Schimmel, nee twee, un en feine Kutsch noch upto. Do sett Hans vör dat Slott sin Bruut in'e Kutsch un fahrt afste'. Un de Herr luert gedüllig de Tied af, un as he denn hengeiht un will de Jumfer ankieken, un as he maakt de Dör up, do suust de Jumfer an em vörbi un is weg. De Wulf haalt denn de Kutsch in, sett sik rin, un wieder geiht de Reis.

So, seggt de Wulf, nu woe'n se na dat Slott fahren, 'nem de Vageln sünd. Dar schall Hans em verkleeden as Schimmel un na de Herr henbringen. Se kamen denn na't Slott, Hans bringt de Herr de Schimmel un seggt, dat Perd mutt foorts Haver hebben un denn noch en Tied ruhig stahn. Un de Herr schenkt em för de Schimmel de dree Vageln. De deit Hans in'e Kutsch un fahrt afste'. Man as de Herr na en Tied will in'e Stall gahn un kieken sik sin Perd an, do stiggt dat hooch, sleit em dal un löppt weg, un de Wulf haalt de Kutsch in, un se fahren wieder.

Se sünd nich mehr wied af vun Hans sin Tohuus, do lett
he de Wulf rut ut de Kutsch, un de Wulf blifft dar an't
Holt. Un Hans kehrt an in en Krog, un do sitten dar sin
beide Bröder in, mit de he damals losreden is, dat se de
Vageln söken wullen. As de nu sehn, wo guut em dat
gahn hett, do sünd se vull Gift un Gall un smieten em
dal in'e Soot, un denn nehmen se de Jumfer un de Va-
geln un fahren dar na Huus mit. Dar maken se denn,
dat se's Vadder wedder richtig kieken kann, un se ver-
tellen em, de Vageln un de Jumfer un de Schimmels
hebben se funnen in en Slott. Un de eerste seggt, he is
de öllste, un he will de Jumfer heiraden.

Man de Wulf, de is ja dar an't Holt bleven, un he truut
de Braden nich recht un will mal sülven nakieken. He
kümmt na de Kroog, un do kickt he dal in'e Soot, un do
liggt dar sin Fründ Hans in. Dat is ja gresig deep,
meent he, wodenig Hans dar denn wedder rutkamen
will. Och, jault Hans, dar kümmt he sachs nie rich rut.
Na, meent de Wulf, denn will he man dalkamen na em,
un denn springt he dal in'e Soot na Hans. Un denn
seggt he, Hans schall sik up em setten, denn will he mit
em na baven springen. De Wulf springt eenmal, do fal-
len se wedder dal, un he springt nochmal, un do kamen
se rut. Un de Wulf seggt to Hans, he schall man sehn
un kamen na Huus, sin öllste Broder, seggt he, de will
em sin Jumfer wegnehmen, se stellen al to un fahren to
Kirch.

Hans maakt nu ja, dat he na Huus henkamen deit, un
do will sin Broder jüst in'e Kutsch stiegen mit de Jum-
fer, un as he süht Hans ankamen, do fahrt he gau af.
Man de Wulf, de is achter Hans ranlapen, un as he süht
de Hochtiedskutsch na Kirch to fahren, do smitt he sik
gau mank de Perde, de stuven utenanner, un de Waag
kann nich wieder. Nu vertellt Hans sin Vadder, sin Brö-
der hebben em in'e Soot smeten, un he is dat we'n, seggt
he, de de Vageln funnen hett, un he hett dar allerhand

Möögde mit hatt, un nu woe'n sin Bröder em sin Jumfer wegnehmen. He schall sik man betähmen, seggt de König un röppt sin öllste Soehn t'rügg. Un as de do ankümmt mit de Jumfer, do seggt se glieks, dat dar, Hans, dat is ehr Mann. Do weet de König, Hans hett de Wahrheit seggt, un do gifft he em un de Jumfer sin Segen. Un nu he weet, he is dat we'n, de de Vageln funnen hett, do gifft he em sin halve Königriek. Un se leven woll noch, wenn se nich dootbleven sünd.

Dat witte Hemd, dat sware Swert un de gollne Ring

Dar is mal en König we'n, de hett sik en Fruu nahmen. Se is vun hoge Herkamen we'n, man se hett keen hoge Sinn hatt, elkeen Dag hett se de Truu braken. Na en Jahr kriggt se en lütte Jung, de is so witt as Melk un so root as Bloot, un elkeen Dag ward he smucker. Je grötter he ward, je mehr ward he sin Vadder liek. He is een vun de klöökste un uck vun de beste Jungs in't heele Riek, un all, de em kennen doon, de seggen, he is so smuck as he guut is.

As he nu achteihn Jahr oold is, do verkickt sin Mudder sik in em, un se denkt bi sik, de Jung schall ehr Mann warrn, eendoont, wodennig dat geiht. Man in se's Slott, dar kann dar ja nix vun warrn, un se is uck bang', wenn se de Jung dar wat vun seggt, denn so vertellt de dat sin Vadder. Un so spickeleert se sik wat ut, wodennig se em wied weg bringen kann in en anner Land. Se meent ja, dar kriggt se dat ehrer klaar.

Nich lang', do hett de smucke Königssoehn Geburtsdag, un do seggt de König, dat schall düchtig fiert warrn. Morrns schoe'n all de Musiker-Suldaten in'e Kirch spelen, Klock twee schall dat en grote Middag geven, dar sünd en paar dusend Lüüd to inladen, un avends schall dar Illuminatschon we'n in alle Hüser vun'e Stadt un up't Slott un in alle Slottsgaarns, un oeverall schall dat Füerwark geven. Un sodennig ward dat denn uck maakt.

As de Kirch nu ut is, do geiht de Königin mit ehr Soehn in'e Gaarn un snackt em allerhand vör, un he markt dat gar nich, dat se ümmer wieder vun dat Slott afkamen. Upmal stahn se do an en grote Water, dat is so groot, dat anner Över is gar nich to sehn, un dar liggt en feine Schipp. Oh, seggt de Königssoehn, dat is ja en smucke Huus, wat dar swümmt up't Water – en Schipp hett he nich kennt. Tja, seggt de Königin, man he süht dat dare Huus ja bloots vun buten. Vun binnen, seggt se, dar is dat noch veel smucker as se's Slott. Oha, seggt de Königssoehn do, dat will he geern mal sehn, un do geiht se mit em up't Schipp un vun een Stuuv in de anner, un oeverall setten se sik en beten dal. Sodennig blieven se en paar Stunnen up't Schipp, do seggt de Prinz, dat Eten fangt sachs bald an, se moeten man sehn un kamen na Huus, dat sin Vadder un de Gäste nich noch lang' up se luern moeten. Och, seggt de Königin, dat hett noch keen Iel, man he will weg un stiggt an Deck. Man do verfehrt he sik bannig: Vun de Gaarn is nix to sehn: wonem he uck henkieken deit, nix as Water. De Oolsch hett dat mit de Schipper afmaakt hatt, to de un de Tied schall he dar bi de Slottsgaarn we'n, un sodraa se an Boord sünd, schall he afleggen, dat he se in en anner Land bringt.

De Prinz löppt nu verbaast dal na sin Mudder un röppt, dat swümmen Huus, dat is en Röverhuus, un de Rövers hebben se entföhrt. Och, seggt de Oolsch, he schall sik man nich upregen, se hett em man en beten bang' maken wullt, dat duert nich lang' seggt se, denn kamen se wedder an Land. Un dar hett se Recht mit, dat duert nich lang', do süht de Prinz wiet vörut en swatte Punkt, de ward ümmer grötter, un as se dar henkamen, do is dat en feine Eekenholt. Dat Schipp hollt dar liek up to un leggt an, un de Oolsch nimmt ehr Jung bi de Hand un seggt, hier woe'n se utstiegen, un denn is he sachs uck bald tofreden.

Do gahn se denn an Land un rin in dat smucke Holt. De Prinz fraagt ümmer wedder, um dat uck is en Gaarn vun de König sin Slott, man se snackt sik ümmer wedder rut, bet se an en frie Stä' kamen. Do seggt se to em, se is möö', se woe'n man en beten utruh'n. Do liggen se denn blangen enanner in't Gras, un do gifft se em en Söten un seggt, se hett em leev, un se vertellt em, se hett em entföhrt, un nu mutt he ehr Mann warrn, anners blifft se foorts doot. Man dar will de Prinz nix vun weeten, dat weer doch en grote Sünn, wenn se dat dä'n, seggt he, dar kann nix vun warrn. Un de Oolsch kann em noch so veel vörsnacken, he blifft dar stiev un fast bi. Do süht se ja, dat hett keen Zweck, un do kann se em nich mehr utstahn, jüst so dull un noch duller, as se em vörher hett leev hatt. Man se lett sik ja nix anmarken, se deit jüst so fründlich as vörher un seggt, se hett em ja man blots up'e Proov stellen wullt.

As se sik nu utruht hebben, do gahn se tosamen wieder in't Holt bet hen to Avend. Do deit dat Holt sik up un se sehn en Stück vör sik en grote, smucke Slott liggen. Do seggt de Königssoehn to sin Mudder, se schall man dar töven, he will eerstmal hengahn na dat Slott un kieken, wokeen dar wahnen deit, un wenn dat nich en Röverhuus is, seggt he, denn so will he ehr halen. Dat is ehr recht, un he dar denn ja hen.

Do steiht dat Door apen, un he kümmt in'e Hoff un in de Kamern, man all de Lüüd, de he dar süht, liggen deep in Slaap, de Bedeenten un Kamerjumfern, Kock un Koeksch, Stallknecht un Veehdeern. He is meist dör dat heele Slott gahn, do kümmt he in en grote Saal rin, dar steiht merrn in en runne, gollne Disch, un dar liggt en witte Hemd up un en gollne Ring. Un rund um'e Disch is wat schreven mit sülverne Schrift, un dar steiht, de dat Hemd antreckt, de kann dat Swert an'e Wand regeern, un de de Ring in'e Mund nimmt, de kann de Spraak vun'e Vageln verstahn. Do kickt he hooch un süht an'e Wand en gewaltige, breede Swert. Nu hett he de Umgang mit so'n Dinger ja lehrt, un do will he dat Swert nehmen un hau'n dar mal dör de Luft mit. Man he kann dat nich mal böhren un sik vun de Nagel dal langen. Do treckt he dat witte Hemd an un stickt sik de Ring an'e Finger, un do is em dat so, as wenn he upmal en ganz anner Minsch is. He mit een Satz wedder hen un kriggt dat Swert faat, un do kann he dar mit rum-swunken, as wenn dat man Speltüüg is.

Do hört he foorts in't Slott wat lopen un rennen, as wenn dar wecke hunnert Lüüd dörchenanner lopen, de Dör springt up, un dree Deeners in feine Mundeerung kamen rin un fragen em, wat se's König un Herr befeh-len deit. Eerst is de Prinz ja verbaast, man denn be-grippt he sik un seggt, de smuckste Waag schall na dat Holt hen fahren un halen sin Mudder af. Un de Deeners maken en Bückling un gahn rut. Nu kickt he sik denn wieder um in de dare Saal, un do steiht dar in'e Eck achter en Vörhang en Bett, dar liggt en ole Mann in un slöppt, man he hett en achtertück'sche Gesicht, dat lett nix Gudes vermoden. De Prinz will em waak maken, man de Ole brummelt bloots wat in sin witte Baart, dreiht sik mal um un slöppt wieder.

Nu kümmt sin Mudder dar an, un se freut sik to dat feine Slott, 'nem se nu in wahnen schall, man in ehr leege Hart, dar grummelt dat, un se denkt dar Dag un Nacht bloots oever na, wodennig se de gude Prinz ver-darven kann. Man se deit ümmer fründlich gegen em, un elkeen Dag vertellt se em, wo glücklich se is to so'n Soehn, un se hett em leever as allens up'e Welt, seggt se.

De Königssoehn is al en paar Daag in dat Slott we'n, do geiht he mal up'e Wall spazeern. Do hört he dar wat janken un günsen, dat hört sik meist so an, as keem dat ut de Eerde. He swunkt sin Swert, do kamen de Dee-ners, un he fraagt se, wonem dat herkümmt, wokeen dar so janken deit. De Deeners seggen, dat weeten se nich, dat weet bloots de Ole, de dar slöppt in'e Saal, de hett de Sloeteln to de Gänge ünner de Eerde. De Prinz seggt, se schoe'n de Ole herhalen, man de will nich, bet de Prinz seggt, he lett em mit Gewalt halen. Do kümmt he an mit en Bund Sloeteln. He röhrt an en Steen in'e Muer, do wiest sik dar en lütte Dör, de slütt he up, un dar is en düüstere Gang achter. Denn schall he man ringahn, seggt he mucksch to de Prinz, man de wahrt sik, de Ole mutt eerst rin.

Je wieder se in de Gang rinkamen, je neeger is dat Janken. Toletzt stahn se vör en anner ieserne Dör, de slütt de Ole uck up, un do is dar en halfdüüstere Lock, dar löppt all dat schietige Water un all de Dreck ut dat Slott tohopen. Un dar binnen sitt en Deern, un dat Tüüg is ehr al meist vun't Liev rott't. As se de Ole wies ward, do röppt se, he schall weggahn oder ehr dootmaken, dat de Quälkraam en Enne hett. Do kümmt de Prinz ut de düüstere Gang rut un seggt to de Ole, he schall de Deern rutbringen. De will eerst nich, man do böhrt de Prinz sin Swert up, un do deit he dat. Man de Deern seggt, se schoe'n ehr doch nich an't Licht bringen, ehrer dat se Tüüg anhett, anners schoe'n se ehr dar dootblieven laten. Man de Prinz begööscht ehr un seggt, se is nu rett't ut ehr Lock, un se schall allens kriegen, wat se will. He jaagt de Ole t'rügg na't Slott un schickt twee Deerns na de Jumfer mit Water to waschen, mit smucke Tüüg un mit wat Ornliches to eten, dat se sik en beten verhalen kann.

Na en Wiel kümmt se denn rut ut de düüstere Gang, un do is se sowat vun smuck. Ehr Haar is gollen, as harr se de Sünn ehr Strahlen klaut för un putzen ehr Kopp darmit, un ehr Ogen, de sünd so blau as de Heven an'e Avend, man ehr Gesicht, dat is, as weer dat mit Lilgen un Rosen anmaalt. De Prinz is ganz weg, as he ehr to sehn kriggt, he kann sik gar nich holen, he löppt hen na ehr un gifft ehr de Hand. He nimmt ehr denn mit in't Slott, un dar fraagt he ehr, wonem se her is un wodennig se is in dat dare gresige Lock kamen.

Do vertellt se em, se is en Königsdochter, un ehr Vadder sin Königriek liggt wied güntsiet de See. Dar is se mal mit ehr Deenstdeerns an'e Strand gahn, un do is dar upmal en Schipp kamen mit Seerövers, de hebben ehr mitnahmen un up se's Schipp slept. De hebben ehr denn an de falsche Ole verköfft, de hett domals dat Seggen hatt in dat Slott, un he hett ehr Dag un Nacht keen Ruh laten, se schull sin Fruu warrn. Man se hett nix vun em weeten wullt, un do hett he ehr in dat dare Lock smeten un ehr bloots all dree Daag Broot un Water bröcht un hett ehr ümmer fraagt, um se nich bald wull umsinns warrn. Man se hett dat nich wullt, seggt se, un do hett he ehr dar laten, bet se keem in de Tostand, 'nem he, de Prinz, ehr in funnen hett.

Nu sünd ja Mitleed un Leev gude Frünnen, un de Prinz hett ehr foorts lieden mucht, as he ehr sehn hett, un nu kriggt em de Leev to ehr so richtig faat. Wenn se de Ole sin Hand nich hett nehmen wullt, seggt he, denn so bütt he ehr nu sin, ahn ehr kann he nich mehr leven, seggt he, un will se nich sin Fruu warrn, denn so will he all sin Levdag keen anner Fruu hebben. Na, se mag em ja uck leever as de Ole, un do seggt se, se hett em so leev, se will nie nich en anner Mann hebben. Un denn geven se sik en Söten, un dat denn fröhlich hen na de ole Königin.

Na, as de Oolsch dat hört, do is ehr dat ja gar nich na de Mütz, un se is nu duppelt un dreefach so dull up'e Prinz. Man se lett sik nix anmarken un seggt, se freut sik bannig, dat de Prinz so'n smucke un reine Jumfer funnen hett, un se so'n smucke Swiegerdochter. Harr ehr sülven dat gröttste Glück vun'e Welt drapen, seggt se, denn so harr se sik nick duller freu'n kunnt. Se schoe'n man recht bald Hochtied fiern, seggt se, se will för allens sorgen, un wenn se man recht glücklich sünd, denn is se dat uck. Un se drückt de Prinz un de Jumfer an sik, man in ehr binnen, dar kaakt dat, un se denkt, se will se dat al wiesen.

Do seggt de Jumfer, de Hochtied, de woe'n se nich dar fiern, de mutt bi ehr to Huus fiert warrn, bi ehr Vadder un Mudder. Na de lengt se so bannig, seggt se, un de maken sik uck grote Sorgen um ehr. Se will hen na se, un denn schall ehr Brüdigam achterna kamen. Do seggt de Oolsch, nu hett se ehr noch duller leev, wo se is so'n gude Dochter. Se schall dat man sodennig maken, seggt se, un bi Jahr un Dag kümmt se denn mit ehr leeve Soehn achterna, un denn schall Hochtied fiert warrn. Man bi sik denkt se, is de Deern man eerst weg, denn so ward se mit em al klaar. De Prinz lett gau en Schipp klaar maken, un dree Daag later reist de Königsdochter af. Man de Oolsch hett de Schipper bestaken, he schall tosehn, dat de Deern *em* heiraden deit, liekervel, wodennig dat geiht.

As dat Schipp denn up hooge See is, do kümmt de Schipper an bi ehr un will ehr för sik winnen, man do ward se dull un will dar nix vun weeten. Do seggt he, se kann sik dat utsöken: Se kann em to Mann nehmen un to ehr Vadder, de König seggen, *he* hett ehr rett't, oder se ward in't Water smeten. Dree Daag kann se sik dat oeverleggen, seggt he.

As se denn wedder alleen is, do fallt se up'e Kneen un bed't, dat de leeve Gott ehr doch schall retten ut düsse nüe Noot. Un do fallt ehr wat in. As de Schipper an'e drütte Dag kümmt un fraagt ehr, wat se nu will, do seggt se, se will Jahr un Dag Tied hebben, un denn mag de Hochtied we'n. Dat is de Schipper recht. As se denn an Land kamen, geiht he mit ehr na ehr Vadder un Mudder. He vertellt se, wodennig he ehr rett't hett ut en düüstere Lock un hollt an um ehr Hand. De König un sin Fruu sünd ja so froh, se hebben se's Dochter wedder, un do seggen se bald „Ja" un na Jahr un Dag schall Hochtied we'n.

Do seggt de Deern, as se hett legen in ehr düüstere Lock, do hett se de leeve Gott toseggt, se will een Jahr lang en Kroog holen an de Landstraat, dar schall elkeen arme Minsch frie ünnerkamen, un se sülven will se bedeenen. Dat mutt se nu holen, seggt se. Dat passt de

König nu ganz un gar nich, he meent, dat schickt sik nich för en Königsdochter, man de Königin seggt, wat een de leeve Gott toseggt hett, dat mutt 'n uck holen, anners kümmt dar foorts de Straaf achterran. He schall ehr man en Kroog inrichten, seggt se, un ehr dar weertschaften laten, dar kümmt al nix Leeges vun. Do buun se dar en Kroog, un mennig arme reisen Lüüd und Pilgers kriegen dar to eten un to drinken un geven ehr se's Segen un beden, dat de leeve Gott ehr dat lohnen mag. Man nu woe'n wi ehr man in ehr Kroog laten un sehn, wodennig dat de Prinz gahn hett.

De Prinzessin is ja nu weg, man de leege Königin weet noch nich so recht, wodennig se de Prinz toschannen maken kann, un do snackt se dar toletzt oever mit de Ole. De is uck foorts praat un helpen ehr, man se mutt em toseggen, dat se sin Fruu warrn will, un dat deit se geern. Do seggt he, se schall tosehn, dat he in de Löwenkuhl geiht – de is dar in de Slottsgraav –, denn rieten em de Löwen in Stücken. Do leggt de Oolsch sik to Bett un bert, as wenn se liggt up'e Dood. De Prinz maakt sik ja nu Sorgen un fraagt ehr, wat ehr fehlt un wodennig ehr to helpen is. Och seggt se, to helpen is ehr woll, man se is bang, he kunn darbi to Schaden kamen, un denn will se doch leever dootblieven, as dat em wat passeert. O, seggt he, he is nich bang, wenn't doch um ehr Leven geiht. Och, seggt se, he is doch man eenmal en gude Soehn, denn will se em dat man seggen: Wenn se een vun de Löwenwelpen an ehr Bost leggt, seggt se, denn treckt de Kraft in ehr rin, un denn ward se in een Dag gesund.

De Prinz löppt ja nu foorts na de Löwenkuhl un geiht dar rin, as wenn dat nix is. En Lööw deit ja keen eddele Bloot wat, un do laten de ole Löwen em ruhig maken. He kriggt en junge Lööw faat, un do bölkt de Löwenoolsch un kümmt hooch, man he kickt ehr man eenmal scharp an, un do leggt se sik foorts wedder dal. De Königin sett de junge Lööw an ehr Bost un seggt, se kann al arig föhlen, wo se nüe Kraft kriggt, nu is se rett't. Man de Lööw blifft ja nich ruhig un wiest de Krallen, un do bölkt se, dat langt nu, ehr Soehn schall 'n wegnehmen un dootmaken. Do nimmt de Prinz de Lööw weg un seggt, warum he 'n dootmaken schall, dat Deert hett doch sin Mudder dat Leven rett't. He will 'n man wedder na de Löwenmudder bringen, seggt he un geiht wedder na de Löwenkuhl, un de Löwenoolsch bölkt arig vör Freud, dat se ehr Welp wedder hett.

Dat is ja nu up Schiet utlapen, un do snackt de Oolsch wedder mit de Ole, wodennig se kann de Prinz in't Verdarven bringen. Dat gifft bloots een Middel, seggt de Ole, se mutt em dat Hemd uttrecken, denn kann he dat Swert nich mehr regeern, un denn warrn se em licht oever. Do laad't de Königin en Barg Gäst in un seggt to de Prinz, he hett ehr rett't vör de Dood, un darför hett se em to Ehren en grote Fest ansett, he schall sik man blangen ehr hensetten, dat se sik tosamen freu'n koenen. De Prinz freut sik dar to un geiht mit ehr in'e Saal, dar sitten de Gäste al un luern. As se denn al meist fertig sünd mit eten un de Prinz snackt mit de Gäste, do deit se em gau en Slaapmiddel in'e Wien. Denn nimmt se ehr Glas un seggt, se woe'n anstöten up ehr Soehn, de ehr dat Leven rett't hett. Do böhrt he sin Glas up un drinkt dat up eenmal ut.

Nich lang', do gahn de Gäste na Huus. Man de Prinz ward upmal bannig möö', geiht to Bett un in en Wuppdi is he fast inslapen. Do sliekert de Oolsch sik mit de Ole in sin Kamer, un dar trecken se em dat Hemd ut, un de Ole treckt dat an. Denn kriggt he en Mess faat, gifft dat de Königin un seggt, se schall em dat linke Oog utsteken. Se deit dat, un de Ole stickt em uck noch dat rechte Oog ut, un denn smieten se em dal na de Löwen.

Vun de Wehdaag ward de Prinz ja foorts waak un markt, wo falsch sin Mudder is, un he hört uck, wo de

Ole sik freut, dat he em ünner de Fööt kregen hett. As he markt, se smieten em dal na de Löwen, do freut he sik, denn he meent ja, de Löwen schoe'n em foorts upfreten, un dat is em recht, denn he mag nich mehr leven. Man dat passeert nich, de Löwenoolsch kümmt hen na em un bölkt so trurig, un de Löwenwelpen kamen un licken em de Ogen, bet se ganz heel sünd. Elkeen Dag bringt de Löwenoolsch em en Stück Fleesch, dat leggt se em up'e Kneen, un dat nimmt he un itt dat up, so as dat is. Anners hett he nix to eten. Dat dare Fleesch, dat halen sik de Löwen dör en Gang ünner de Eerde, de geiht rut in't Holt. As nu de Prinz mal in sin Kuhl rumtappen deit, do ward he de Gang wies un krüppt dar rin.

Lang' markt he nix as muffige, dumpe Luft, man denn ward em dat Aten ümmer lichter, un toletzt markt he, de Gang ward grötter un dar kümmt em en frische Ruch vun Holt, vun Böme un Kruut in'e Nes. He hört de Vageln singen, hört Rehen un Hirschen springen, un de Sünn schient em warm in't Gesicht. Do fallt he up'e Kneen un dankt de leeve Gott, dat he rett't is, un denn kroepelt he sik afste', so guut as dat man jichens geiht. Hen to Avend hört he wat brusen. He geiht dar up to un kümmt an de solte See. Dar hett jüst en Schipp fastmaakt, se woe'n frische Water innehmen. As de Schipper nu süht de stackels blinne Jung dar rumsliekern, do ward de em duern, un he fraagt, um he mitfahren will. Ja, seggt he, dat will he geern, denn dar mutt he ja verhungern, un he geiht up dat Schipp, un de Schipper plegt em all wat he kann, un dat geiht em vun Dag to Dag beter. As dat Schipp fastmaakt, do seggt he de Schipper velen Dank un adjüs un geiht denn wieder lang de Landstraat.

Mal kümmt he na en grote Stadt. Vör dat Door röppt en Fruu, he schall rinkamen in ehr Huus, all arme reisen Lüüd un Pilgers warrn dar upnahmen, seggt se. Do

streckt he sin Hand ut un lett sik in't Huus föhren. Dar
kriggt he wat to eten un en feine Bett. Ehrer he to Bett
geiht, do kümmt de Fruu, sett sik bi em dal un seggt, he
schall ehr sin Geschicht vertellen, dar schall he ehr mit
betahlen. Dar will he leever nix vun seggen, seggt he, de
is bannig trurig, man wenn se 'n hören will, seggt he,
denn will he ehr de vertellen. Un denn geiht he bi un
verklookfiedelt ehr dat, wodennig em dat gahn hett. De
Krögersch ward ümmer nauer tohören, un as he dar up
to spreken kümmt, wodennig he hett de smucke Jumfer
ut dat Lock erlöst un hett sik mit ehr verspraken, do
nimmt se em in'e Arms un gifft sik ünner Tranen as sin
Bruut to erkennen. Wat en Freud, man uck wat en
Kummer, as he ehr vertellt, wat sin Mudder un de tück-
sche Ole em andaan hebben. De smucke Jumfer kann
ehr Tranen gar nich holen, wenn se up sin leddige
Ogenlöcker kickt. As he denn ferdig is mit Vertellen, do
gifft se em feine Tüüg an un geiht mit em na ehr Vad-
der un seggt, vundaag is en grote Freudendag för ehr,
denn de leeve Gott hett ehr ehr richtige Brüdigam wed-
dergeven, de ehr würklich erlöst hett, un do mutt he de
König de heele Geschicht vertellen.

De König glöövt em woll, man as de eerste Freud vörbi
is, do ward em dat doch argern, dat sin Dochter en blin-
ne Prinz heiraden will. Man liekers is de junge Mann –
he is ja tominnst en Prinz – liekers is de em leever as de
Schipper, un darum deit de dar recht an un glieden sik
af, as de heele Saak rutkamen deit. Nu ward dar denn
en lütte Slott buut in en Afsiet vun'e Slottsgaarn, un
vun de Prinz sin Hochtied mit de Prinzessin ward nich
vel hermaakt. Se trecken in dat lütte Slott, un vun de
König kriegen se bloots wat to eten, anners nix, för
Tüüg moeten se sülven sorgen, un de Prinzessin sitt
Dag un Nacht un spinnt un wevt.

De Hoffherren sünd bannig vergrellt oever de dare Frie-
geratschon, de Prinz kann ja keen grote Festetens ge-

118

ven, un vun sowat, dar holen se en Masse vun, un Danzvergnögen gifft dat uck nich, un dar holen se's Fruuns en Masse vun. Un dat se mal schoe'n vun en blinne König regeert warrn, dat is se al gar nich na de Mütz. Do warrn se sik eenig, se woe'n dat Slott, 'nem de Prinz mit sin Fruu in wahnen deit, in'e Luft jagen, un dat bald.

Mal gahn de beiden avends ut se's Slott in se's lütte Gaarn, dar is dat fein köhlig, un dar setten se sik ünner en grote Linn. Do treckt de Prinz dat eenzige vun'e Finger, wat he rett't hett ut sin Slott, de goll'ne Ring, un de nimmt he in'e Mund, he will sik ut Schau mal anhören, wat de Vageln sik so vertellen. Da kamen dar dree Kreihen anflagen un setten sik in'e Linn un fangen an un snacken. De eerste seggt, se weet wat. Wat dat denn is, seggen de annern, se weeten uck wat. Günt bi de Börgermeister, seggt de eerste, dar is en Perd doot umfullen, dat schall se fein smecken. Do seggt de tweete, se weet wat anners, wenn de beiden dat weeten dän, de dar sitten ünner de Boom, denn so seeten se dar nich. Wat dat denn is, fragen de annern beiden. Tjä, seggt se, vunavend Klock tein ward dat Slott, 'nem se in wahnen doon, in'e Luft jaagt, dat hebben de Hoffherren se inröhrt. Nu kümmt de drütte Kreih an'e Tour. Se weet uck wat, seggt se, dat schull de blinne Prinz dar nedden man weeten, de wull sik freuen. Wat dat denn is, fragen de anner beiden. Tjä, seggt se, vunnacht twüschen Klock ölben un Klock twölf fallt dar en Dau vun'e Heven, de sik dar de Ogen mit instrieken deit, de kann foorts wedder kieken. Man nu woe'n se hen na de dode Krack, ehrer annern kamen un halen 'n weg. Un do fleegen se afste'.

De Prinz stickt sin Ring wedder an'e Finger un seggt to sin Fruu, se woe'n man en beten wieder in't Holt rin gahn, dat is ja so'n feine Avend. Do geiht se mit. Se sünd knapp en Viddelstünn gahn, do gifft dat achter se en Blitz, un denn ballert dat, as wenn dusend Kanonen up eenmal afschaten warrn. De Prinzessin verfehrt sik so dull, se fallt meist in Amidaam. Do vertellt de Prinz ehr de ganze Geschicht, un do freut se sik un se danken beide de leeve Gott, dat se rett't sünd, un denn leggen se sik dal ünner en Boom in't Holt. De Prinzessin is bald inslapen, man de Prinz blifft waak. Hen to Klock twölf föhlt he in't Gras rum un strickt sik de Dau tosamen, un dar wascht he sik de Ogen mit. Jo mehr he wascht, jo heller ward dat vör em, un as he dreemal wuschen hett, do süht he de Maand sin Strahlen dör de Böme fallen, un he süht sin Fruu, wo se dar so smuck liggen deit in'e Maandschien. He gifft ehr en Söten, do ward se waak un kickt ehr Mann an, un do kennt se em meist nich wedder, so klaar lüchten sin Ogen. Nu kriggt he sin Waterbuddel her un deit dar so veel vun de Dau rin, as he man kann, un hängt sik de um, denn he denkt, vellicht kann he dat noch mal bruken. So kümmt vun en grote Unglück för se en noch gröttere Glück, un so arm se uck sünd, se sünd doch bannig riek. Man dat schall noch veel leeger kamen för se.

De neegste Morrn gahn se wieder in't Holt, eten doon se Wuddeln un Kruutkraaam. Nu is de Prinzessin dat Gahn ja nich wennt, un do ward se bald möö', un hen to Middag sett se sik dal ünner en Eek, leggt ehr Kopp in'e Prinz sin Schoot un slöppt in. He kickt ehr an, wo smuck as se is, do süht he an ehr Hals en lütte Paas, de hängt an en Band. He maakt 'n up, un do is dar en Karfunkelsteen in, de mag he bannig geern lieden, un do maakt he dat Band loos un kickt de Steen lang' an. Nu will he 'n uck geern mal in'e Sünn bekieken, un do leggt he 'n blangen sik dal in'e Gras, böhrt sachten de Prinzessin ehr Kopp hooch vun sin Schoot un leggt 'n up en Küssen, dat maakt he gau vun Bläder un Moss. Denn will he wedder na de Steen langen, man do hett en Heister 'n faat nahmen un spelt darmit.

He ja achter de Heister ran, man do flüggt de hooch un sett sik wied af up en Boom. De Prinz achter 'n ran, smitt mit Steens na 'n, do hoppt de Heister vun Telgen to Telgen un vun Boom to Boom, un toletzt verswinnt 'n in'e Büsche. Do is de Prinz ganz trurig, un as he t'rügggahn will, do kann he de Weg nich mehr finnen un verbiestert ümmer deeper in't Holt un weet sik gar keen Raat mehr. Do bemött he en feine Herr, de fraagt he na de Boom, 'nem sin Fruu ünner slapen deit, man de Herr seggt, so'n Böme, de gifft dat hier woll to dusend, de finnt he doch nich mehr. He schall man mit em gahn, seggt he, un denn schall em dat nich leeg gahn.

Do geiht he mit na en smucke witte Huus in't Holt, dar sitten ölben Jungkeerls an en deckte Disch un laten sik dat guut gahn. So, seggt de Herr, nu is de Tall wedder vull, nu sünd se twölf. Nu schoe'n se Jahr un Dag dar blieven, seggt he, un se kriegen vullup to eten un to drinken un allens, man is dat Jahr, to Enne, seggt he, denn so moeten se dree Radels knacken. De dat kann, de kriggt en Geldbüdel, de ward nie nich leddig, man de dat nich kann, de kost't dat sin Leven. Do kriegen de ölben Jungkeerls dat Juchheien, un se stöten an up'e Herr, un sodennig juchheien se wieder dat heele Jahr hendörch. Faken seggen se to de Prinz, he schall doch mit se fiern, man de hollt sik still för sik, itt un drinkt nich vel un snackt noch weniger. He denkt ümmer blots an sin stackels Fruu. Laat uns man mal tokieken, wodennig dat gahn hett mit ehr.

As se waak ward un finnt ehr Mann nich, do ward se lang' na em ropen, man dat helpt ehr ja nich. Do markt se upmal, de Paas an ehr Hals is weg. O, denkt se, schull he ehr de Steen klaut hebben un is dar mit utneiht? Wat schall se uck anners denken. Dat maakt ehr bannig trurig, un weer se nich so fraam we'n, denn so harr se sik sachs wat andaan. Man nu leggt se ehr Schicksal in de leeve Gott sin Hänne un geiht wieder dör dat Holt, bet se toletzt kümmt an de solte See. Dar liggt jüst en Schipp vör Anker, dat nimmt ehr up um Gottslohn un sett ehr na lange Wuchen in en anner Land wedder up't Dröge. Se geiht un geiht, un do süht se upmal wied weg en Slott. Se geiht dar neeger up to, un do süht se, dat is dat Slott, 'nem de Prinz ehr do rett't hett. Do freut se sik, se denkt, ehr Mann is sachs wedder dar, un wenn he ehr süht, denkt se, denn kann he ehr ja nich wegjagen.

Se geiht denn ja rin in't Slott un fraagt na de Prinz. De Deeners woe'n ehr jüst vertellen, wo leeg em dat dar gahn hett, do kümmt de Königin dar oever to un kennt ehr ja wedder. Wat se denn dar to söken hett, fraagt dat leege Wief. Do vertellt de Prinzessin, se söcht ehr Mann, de hett se verlaren in't Holt. Do seggt de Oolsch, se schall man mit rinkamen. Se deit dat, un do slütt de Königin gau de Dör to un röppt de Ole. Un denn kriegen se de Prinzessin faat, steken ehr avends de Ogen ut un smieten ehr in'e Löwenkuhl. Dar kann se ehr Mann söken, meenen se. Man de Löwen, de freten ehr nich up, nee, de junge Löwen licken ehr de Ogen heel, un de olen bringen ehr wat to eten, un so blifft se leven.

Wieldes is dat Jahr in dat Huus in't Holt meist rum, un de ölben Jungkeerls, de denken nich mal an de dree Radels. De Prinz denkt dar um so mehr an un oeverleggt un oeverleggt, wat dat woll we'n kann, man em fallt nix in. Mal sett he sik an'e Avend in't Holt ünner en Eek, do kamen dar dree Aaskreihen anflagen un setten sik dal in'e Boom. Do denkt de Prinz, wat de woll to vertellen hebben, un do leggt he sin Ring ünner de Tung un hört to. Do seggt de eene, morrn gifft dat för se en Festdag, ölben fette Handwarksgesellen un een magere Prinz. Wat se darmit meenen deit, fraagt de tweete. Jo, seggt de drütte, morrn moeten se de dree Radels knacken, un se weeten dar nich een vun. Um se de denn weeten, fraagt de tweete. Ja, seggen de beide annern un kriegen sik meist dat Strieden, wokeen dat seggen schall. De eerste fangt denn an: Dat eerste Radel is, wo dat Huus vun buut is, dat tweete, wonem se's Eten herkamen is, un dat drütte, warum dat in't Huus nie nich Nacht ward. Nu schall de drütte de Radels knacken. Dat Huus is buut vun Armsünnerknaken, seggt se, dat Eten kümmt vun'e König sin Disch, un dat helle Licht in't Huus kümmt vun'e Karfunkelsteen, de hett de Hexenmeister de arme Prinz as Heister in't Holt klaut, un de hängt nu ünner de Boehn. As de Aaskreihn sodennig snackt hebben, do roegen se de Flünken un fleegen weg. Man de Prinz freut sik un leggt sik dat eerste Mal na en heele Jahr ganz geruhig dal un slöppt.

An'e neegste Morrn gahn de ölben Jungkeerls wedder bi un freten un supen un spelen, do kümmt de Herr an dör't Holt un röppt al vun wieden, se schoe'n sik upstellen, nu schoe'n se de Radels knacken. Dat doon se ganz munter, un de Prinz stellt sick an't Enne hen. Do fraagt de Herr, wo dat Huus vun buut is. Vun Backsteens, seggt de eerste, vun Bruchsteens, seggt de tweete, vun Lehm un Holt, seggt de drütte, un dat so wieder, bet de Tour kümmt an de Prinz. Vun Armsünnerknaken, seggt he. Dat stimmt, seggt de Herr. Denn mal wieder, wo dat Eten herkamen is, fraagt he. Ut de Koek, bölken de ölben all upmal. Vun de König sin Disch, seggt de Prinz. Stimmt uck, seggt de Herr. To'n drütten, seggt he, warum dat Huus is bi Nacht so hell we'n as bi Dag. Vun en Lamp, bölken de ölben all upmal. Vun de Karfunkelsteen, seggt de Prinz, de hett de anner em stahlen, un de hängt nu ünner de Boehn. Stimmt uck wedder, seggt de Herr un gifft de Prinz de Geldbüdel, de nie nich leddig ward. De ölben annern haut he de Kopp af. Wieldes geiht de Prinz in't Huus un haalt sik sin Karfunkelsteen wedder, un denn geiht he wieder dör't Holt, bet he kümmt an'e solte See. Dar geiht he bet na de neegste Haven un hüert dar en Schipp, dar fahrt he mit na dat Slott, 'nem sin Mudder bleven is. He denkt, in all sin

Unglück hett he doch so veel Glück hatt, vellicht kriggt he dat Slott ja wedder un sin Fruu uck.

Dat is Avend un al düüster, do geiht dat Schipp nich wiet vun't Slott vör Anker. De Prinz treckt sik an as Matroos, geiht an Land un hen na dat Slott. He sliekert sik liesen rin un rup up'e Boehn. As se denn all slapen, do klarrt he rup up't Dack un lett sik dör en Schosteen dal in de Stuuv, 'nem he domals hett de Ole funnen in't Bett. Foorts ward he dat witte Hemd wies, dat liggt dar up'e runne gollne Disch. He treckt dat an un kriggt dat Swert faat, dat hängt dar wedder an'e Wand, un denn söcht he de Stuuv dör. Do finnt he de Ole in datsülve Bett as domals, un bi em liggt de Königin. Dreemal swunkt de Prinz dat Swert, do kamen de Deeners rinstörten un begröten em as se's König un Herr. Do seggt he, se schoe'n de beiden tosamenbinnen un schoe'n se in en Buur smieten, dar schoe'n se so holen warrn as Veeh. De Oolsch versöcht ja nu wedder un lögen un snacken em wat vör, man dar ward nix vun, se ward bunnen un in dat Buur smeten.

Dat eerste, wat de Deeners em vertellen, is, de Prinzessin is dar we'n un hett na em fraagt. Do lett he de Oolsch fragen, wonem de Prinzessin is afbleven, man se will nix naseggen, un in dat ole Lock söken se vergevs. Dat maakt em ja nu trurig, do ward he an de gude Löwen denken, bi de will he sik doch bedanken un se mal en ornliche Mahltied tokamen laten. Un do lett he Ossen un Köh slachten, un de Deeners moeten em dat Fleesch in grote Mollen achternadrägen. So geiht he dal na dat Löwenbuur, he will se dat sülven geven. Man wat ward em dat jammern, as he de Dör upmaakt un süht sin leeve Fruu blind in'e Löwenkuhl. He ja foorts hen na ehr un nimmt ehr in'e Arms. Un denn nix as rin in't Slott mit ehr, un dar wascht he eerstmal ehr Ogen mit de Dau, de he domals hett sammelt in sin Waterbuddel, un wat lacht se em do man eenmal seelig an! Do is se's Glück vullkamen, un he gifft een Fest na dat anner, dat se dat Weddersehn düchtig fiern.

Denn schrifft he dat all an sin Vadder, een na't anner, so as dat allens passeert is, un denn reist he mit sin leeve Fruu hen na de ole König. Dat Buur mit de Königin un de Ole lett he nakamen. Un he oevergifft se all beid an sin Vadder, dat de se se's Straaf geven schall, un do warrn se beid vör all de Lüüd verbrennt. De Prinz hett denn vun sin Vadder dat Regeern oevernahmen, hett later uck dat Königriek vun sin Fruu arvt, un an dat Slott hett uck en Königriek hungen, un so is he denn Herr oever dree Königrieken we'n.

De soeven Bröder

Dar is mal en Mann we'n un en Fruu, de hebben soeven Jungs hatt, un nu schall se wedder en Kind hebben. Do seggt de Mann mal to sin Fruu, wenn dat dütmal wedder keen Deern ward, denn so will he ehr dootmaken. Man de öllste Soehn, de hett sik verstaken hatt, un de hett dat mit anhört. De neegste Morrn vertellt he dat sin Mudder, he hett allens mit anhört, seggt he, un he un sin Bröder woe'n nu weggahn, bet dat Kind baren is. Man elkeen Avend woe'n se kamen un woe'n na de Schosteen kieken, um dat is en Jung oder en Deern. Un darmit se dat wies warrn, seggt he, darum schoe'n se en Wocken mit Flass up'e Schosteen steken, wenn dat en Deern is, un een mit Hemp, wenn dat en Jung is.

Na acht Daag kriggt de Fruu en lütte Deern, un do seggt se to ehr Naversch, se schall en Wocken mit Flass up'e Schosteen steken. Man de Naversch kann keen Wocken mit Flass finnen, un do stickt se en Wocken mit Hemp up, dat is ja eendoont, denkt se. An'e Avend kamen de Bröder, un se verfehren sik ja bannig, dar is en Wocken mit Hemp up't Dack, un do warrn se weenen un meenen ja, se's Mudder is wiss al doot. Un do maken se sik de neegste Morrn foorts up'e Socken un gahn wied weg in en wille Gegend, dar gahn se bi un breken dat Land um.

De lütte Deern wasst gau ran. Un do schickt ehr Vadder ehr up en Koppel, se schall Schaap wahren. Se schall guut uppassen, seggt he to ehr, dat de Schaap nich up'e Koppel blangenan lopen, anners gifft dat en Barg Arger, seggt he. Mal snackt de Deern mit anner Schäperdeerns, un do sehn de Schaap se's Snitt un lopen up'e Koppel, 'nem se nich hen schoe'n. Un jüst in de Momang kümmt de Naver sin Grootknecht dar lang, un he seggt, he will dat sin Herr mellen. Un in sin dulle Kopp seggt he to ehr, se is en leege lütte Deern, al as se baren is, do is se de Ursaak we'n, dat ehr Bröder afhaut sünd.

Avends fraagt se denn ehr Mudder, um dat wahr is, dat se soeven Bröder hett. Ja, seggt ehr Mudder, un se vertellt ehr de heele Geschieht vun de verkehrte Wocken. As denn ehr Vadder t'rüggkümmt, do haut he ehr so dull, se nimmt en lütte Korf, dar is ehr Avendbroot in, un denn löppt se weg vun to Huus. Do kümmt se dör en Holt, un dar bemött se en ole Fruu, de seggt, se hett Hunger. Do gifft de Deern ehr dat Eten ut ehr Korf. De Oolsch bedankt sik un seggt, se is en feine Deern, un wenn de Deern ehr um wat fraagt, denn will se dat doon.

Ja, seggt de Deern, se will geern weeten, wonem ehr soeven Bröder sünd. Ja, seggt de Oolsch, wenn se dat will, denn so will se ehr dat woll wiesen, 'nem ehr Bröder sünd. Un denn kriggt se en Appel ut'e Tasch. De schall de Deern man an'e Grund leggen, seggt se, denn so bringt 'n ehr dar hen, 'nem ehr Bröder sünd. Man se schall guut uppassen, seggt se, an'e Holtkant, dar wahnt en Deert, dat will ehr wiss de Appel wegnehmen. Un wenn se de nich mehr hett, seggt se, denn mutt se sülven seh'n, wodennig se ehr Bröder finnen deit.

De Deern geiht denn ganz geruhig wieder, un as se an'e Holtkant kümmt, 'nem dat Deert wahnen deit, do slöppt dat Beest jüst, man se nimmt en Steen un smitt darna. Do ward dat Deert dull un nimmt ehr de Appel weg. Tja, wat nu? De Deern sett sik eerstmal dal un fangt an un blarrt. Man nich lang', do markt se wat up ehr Schuller, un do is dat de Oolsch, de schimpt, dat se dat Deert waak maakt hett. Man se will ehr dat nich nadrägen, seggt se, un se gifft ehr en nüe Appel, un se geiht mit ehr, bet dat Holt to Enne is, un denn wünscht se ehr allens Gude.

De Deern wannert lang', lang', ümmer achter de rode Appel ran. Na acht Daag kümmt se in en heel wille Gegend, un dar bringt de Appel ehr na en Huus, dat is man so ut wecke Planken tohopenklütert. Se dar rin, un do stahn dar up'e Disch soeven Tellern, dar is dampen hitte Supp in. Se hett ja Hunger, un do sett se sik dal un itt twee Tellern ut. Denn stiggt se to Boehns un verstickt sik dar, man se is sik dar heel wiss bi: Se is in't Huus vun ehr soeven Bröder. De Bröder kamen ja upletzt na Huus, un do fraagt de eerste, wokeen sin Supp upeten hett. Un de anner fraagt uck, wokeen *sin* upeten hett. Dat is sachs jichens en wille Deert we'n, meent he.

An'e neegste Dag blifft de jüngste Broder to Huus as ümmer, he schall nämlich de Supp kaken. As de ferdig is, do geiht he rut, he will sin Bröder halen, un as he t'rügg kümmt, do warrt he wies, dar sünd al wedder twee Tellern leddig. De neegste Dag, do deit he so, as wull he sin Bröder halen, man he verstickt sik achter de Dör. Do kümmt de Deern dal vun'e Boehn un geiht bi un itt. Do kümmt he achter de Dör rut un fraagt ehr na ehr Geschicht, un do vertellt se em allens.

De jüngste Broder will sin Bröder oeverraschen, un he seggt to de Deern, se schall man wedder to Boehns klarrn, un denn haalt he sin Bröder. Bi't Eten seggt de Öllste, dat is doch Schiet, seggt he, dat dat dar in't Land keen Fruunslüüd gifft. Harrn se en Fruu in't Huus, seggt he, denn so kunnen se ja mehr Geld verdeenen, se kunnen denn ja all tohopen an'e Arbeit gahn. Do seggt de Jüngste, se schoen sik man freuen, seggt he, se hebben ja dacht, se harrn en Broder, man dat is en Süster, seggt he, de Naversch hett man de richtige Wocken nich funnen, un do hett se de upstaken, de se nich harr nehmen schullt. Un denn haalt he sin Süster, un do sünd se all bannig vergnöögt.

Foorts de anner Morrn seggen se to se's Süster, wat se doon schall, un de Öllste seggt, se schall uppassen un jo un jo dat Füer nich utgahn laten. Dat gifft dar keen Rietsticken, un denn moeten se glöhnige Koehlen bi de Hex halen, un de versöcht denn womoeglich un spelen se en leege Putz. Man mal geiht ehr dat Füer doch ut, un se truut sik nich un seggen dat to ehr Bröder. Do löppt se gau hen na de Hex, un de gifft ehr wat Gloot un seggt nix. Man denn fangt se an un snackt mit ehr, un seggt, se kümmt guut längs mit ehr Bröder. Afsünnerlich dree sünd dar mank, seggt se, de mag se geern lieden, de hebben so'n feine kruse Haar. Man se weern noch smucker, seggt se, wenn een se gegen de Strich kämmen dä. De neegste Dag kämmt de Deern ehr dree Bröder denn gegen de Strich, un do warrn se foorts to Schaap. Do weet de Deern ja nich, wat se seggen schall to ehr anner Bröder. Man nich lang', do kümmt de Hex ehr Mann dar lank, un he fraagt ehr, warum se so trurig is. Och, seggt se, de Hex hett ehr Bröder to Schaap maakt. Do seggt de Hex ehr Mann, he will se wedder ummaken, man bloots, wenn se elkeen Morrn will ehr lütte Finger dör dat Sloetellock steken. Ja, dat will se noch, un do warrn ehr Bröder wedder to Minschen. Man de Deern fangt an un süükt, un dat ward elkeen Dag leeger. Do fragen de Bröder ehr, wat se denn hett, un do gesteiht se dat toletzt in, de Hex ehr Mann suugt ümmer an ehr Finger. Do trecken de Bröder afste' un bringen de Hex ehr Mann um'e Eck. Un denn maken se sik wedder up'e Padd na Huus to, un dar finnen se denn se's Vadder un Mudder wedder.

Hans un de Kalvskopp

Dar is mal en Buer we'n, de hett dree Soehns hatt. De
jüngste hett Hans heeten, un em hebben se för bannig
doesig hollen. Een Dag gahn de beide öllste Soehns na
se's Vadder hen un seggen, se sünd nu lang' nugg to
Huus we'n, he schall se man elkeen tein Daler geven un
en Kiep vull Broot un Fleesch, un denn woe'n se in'e
Frömm gahn. Na, un de Vadder, de deit dat. Do will
Hans uck tein Daler hebben un en Kiep vull Broot un
Speck, un he blifft bi un dibbert, un do gifft de Vadder
em uck na.

Do gahn de dree denn een Morrn vun to Huus los. De
beide öllsten sünd ja vergrellt, dat de doesige Hans mit
se geiht, un do scheesen se afste', Hans kann gar nich
mitkamen. Upmal röppt he, he hett wat funnen, un do
dreih'n se um. En paarmal maakt he dat sodennig, man
denn gloven se em dat nich mehr un gahn wieder. Do is
he denn bald ganz alleen un weet nich, wonem he hen
schall. Dat ward düüster, un he is bang vör Wülf, un do
klarrt he rup up en Eek.

Do süht he dör de Nacht en Licht, un do klarrt he wed-
der dal un geiht dat Licht na. He kümmt denn an en
grote Slott mit en Masse Stuven, un oeverall brennt
Licht, man dar is keeneen in. In een Stuuv na vörne to
steiht en Disch mit allerhand leckere Saken to eten. In
en anner Stuuv na achtern to steiht en Weeg, un dar
liggt en Kalvskopp in. Hans seggt „Gu'n Avend", un do
slackert de Kalvskopp mit de Ohren un seggt „Velen
Dank". Hans verfehrt sik ja, un do seggt de Kalvskopp,
dat is fein, dat he kümmt, he schall man dar blieven un
eten un drinken, un denn schall he 'n wat Nües vertel-
len, wodennig dat utsehn deit in de Welt.

Dat lett Hans sik nich tweemal seggen, he gifft Be-
scheed up all Fragen un itt un drinkt düchtig, un denn
leggt he sik in een vun de Stuven to Bett. An'e neegste

Morrn sünd sin Tüüg un sin Steveln fein börstet, un to eten un to drinken is dar nugg. De Dag oever mutt he an de Weeg sitten un de Kalvskopp wat vertellen.

Sodennig blifft Hans een Jahr dar, man denn fallen em sin Vadder un Mudder in, un do seggt he to de Kalvskopp, he will se geern weddersehn. Jo, seggt de Kalvskopp, dat kann he geern, man he fehlt ja Tüüg un Geld un en Perd, un de Weg kennt he uck nich. He schall man de dare Stock nehmen – de liggt dar – un dar schall he mit up'e Kist slaan, de dar stahn deit, dar is Tüüg in un en Barg Wapen. Un de Stock maakt em uck de Stall up, seggt de Kalvskopp, dar kann he sik en Perd utsöken, un dar is noch en Kist, dar finnt he Geld un en Fleut in. Wenn he de rechte Weg nich weet, denn so schall he up de dare Fleut blasen, un foorts is he wedder up'e rechte Weg.

Hans deit, wat de Kalvskopp em seggt hett. Un he nimmt sik en smucke Jägerrock mit gollne Snören, en dreekantige Hoot, en Degen un en Flint, ut'e Stall haalt he sik en smucke Schimmel, stickt sik arig wat Geld in'e Tasch un nimmt de Fleut mit. Denn ritt he afste', man he hett de Kalvskopp toseggt, he will wedderkamen.

Sin Bröder sünd man en paar Daag vun to Hus weg we'n. De Kiep is bald leddig we'n, dat Geld is all, un wenn se nich verhungern woe'n, denn so moeten se tosehn un finnen de Weg na Huus, un dar warrn se ganz eklig utlacht. Do kümmt dar eens Daags en stolte Rieder an. Um se em nich kennen doon, röppt he, he is dat ja, Hans. Do gifft dat en grote Stahoi un en grote Verwunnern. Bloots sin beide Bröder kieken vergrellt. Bi Nacht maken se af, se woe'n rinklarrn dör de Boehnluuk un woe'n Hans doothau'n un em sin Geld afnehmen. Man Hans ward waak un schütt na se, un he dröppt de eene in't Been. An de dare Wunn koenen se de anner Morrn denn ja sehn, wokeen dat we'n is.

Na en Tied maakt Hans sik denn wedder up'e Weg na dat Slott, un dar luert de Kalvskopp al up em un freut sik bannig, dat he kamen deit. Een Morrn seggt 'n denn to em, in de Koek, seggt 'n, dar steiht en Haublock, un in de Spieskamer, dar liggt en Biel. An'e Achterkopp, seggt 'n, dar hett 'n son Knast, de maakt 'n krank. Hans schall 'n na de Haublock hendrägen un 'n mit dat Biel de dare Knast afhau'n. Do kriggt Hans 'n bi de Ohren un nimmt 'n rut ut de Weeg, un do verfehrt he sik, an de Achterkopp hett 'n so'n blaue Knuust, as en Slang. Man denn nimmt he sin Moot tosamen, driggt de Kopp na de Hauklotz, kriggt sik dat Biel her un haut to. Do steiht dar miteens en smucke Prinzessin vör em, dat Slott is vull vun Minschen, de Haublock is en ole Kamerfruu, un dat Biel is en ole Kutscher. Se is verwünscht we'n, seggt de Prinzessin, un Hans hett ehr erlöst, un nu schall he ehr Mann warrn. Do freut Hans sik ja bannig, dat lett sik denken. He lett sin Vadder un Mudder to sik kamen, uck sin Bröder driggt he nix na, un so levt he in Glück un Freud. Un wenn he nich dootbleven is, denn levt he woll noch.

De Möller un de Düvel

Dar is mal en Möller we'n un sin Fruu, de hebben se's Leven lang düchtig arbeit't, un dat hett se uck wat inbröcht. Nu sünd se oold un gries wurrn, un se woe'n dat geern wat sinniger angahn laten. En Soehn hebben se nich, man en Dochter, Marie heet de, un de schall en Möller heiraden. Man dat is gar nich so licht to un finnen een, de Olen verlangen gar to veel.

Do kümmt dar mal en smucke, junge Möllerknecht lang un fragt in de Moehl na Arbeit. De Möller hett jüst en Knecht nödig, un do nimmt he em in Deenst. Na, dat wiest sik, he is ehrlich un flietig, un he föhrt allerhand nüe Kraam in, un dat is guud för de Möller. De Knecht is ja wied in de Welt rumkamen, un do hett he sik de rechte Levensaart anwennt un is uck nett un fründlich vun Wesen, un sodennig duert dat nich lang, un he kümmt sik mit de Möller sin Dochter neeger, un se mag em uck geern lieden. Man de Möller will un will dar nix vun weeten, dat de arme Gesell sin Marie hebben schall.

An en feine Avend geiht de Möllerknecht mal spazeren, he will sik in de reine Luft in't Holt en beten vun de Arbeit verhalen. Un darbi denkt he na oever sin Tokunft un wo dat mit em un Marie warrn schall. Un do seggt he so bi sik, wenn nu de Düvel ankeem un kreeg dat klaar, dat he sin Mieke friegen kunn, he wull up allens ingahn. Un dat duert uck nich lang', do kümmt de Düvel sülven. Un he snackt de Gesell to, un de vertellt em denn allens, wat he up'n Harten hett. Do seggt de Swatte, he will em riek maken, un he will darför sorgen, dat de Möllerslüüd em se's Dochter un se's Moehl geven. Man he mutt sik em verschrieven. Bi fievuntwintig Jahr, seggt he, denn will he wedderkamen, un denn schall de Möller de Verdrag hollen. Un in all de fievuntwintig Jahr mutt de Möllerknecht elkeen Nacht een Maat Grütt in'e Moehl up'e Boehn streuen, anners is he de Düvel sin. Eerst will de Gesell nich so recht, man denn seggt he doch „Ja".

Allens geiht nu as dat schall: He kriggt de Moehl un Möllers Marie. Un mit de Moehl geiht dat vöran, sowat hett 'n noch nich sehn, un de junge Möller ward riek un rieker. Un an meisten freu'n de beide junge Lüüd sik to se's beide söte Gören. Kort un guud, an se's Glück fehlt nix.

So wied hett de junge Möller ümmer sin Schülligkeit daan, man een Avend is he so hunnenmöö', un do ver-gitt he un streuen de Grütt up'e Moehlenboehn. Sin Fruu is uck to Puuch gahn. Do fangt dat upmal in'e Moehl an un ramentern, as schull dat allens to Gruus un Muus gahn. Do ward de Möllersche bang un maakt ehr Mann waak. De jumpt foorts ut't Bett un dat rup na de Boehn un de Grütt utstreut. Do is dat foorts still. De Möllersch geiht geruhig wedder to Bett, un dat duert nich lang, do hebben se de dare Larm oever all se's Be-driev vergeten.

Sodennig vergahn bilütten de fievuntwintig Jahr, un een schöne Dag kümmt de Düvel un will de Möller an sin Verdrag erinnern. Do fehlen dar noch dree Daag, bet de Tied um is. Do seggt de Düvel to de Möller, he schall em an elkeen vun de Daag, de noch fehlen, en Upgaav stellen. Kann he, de Düvel, de nich knacken, denn so schall de Möller sin Leven un all sin Guud beholen. Man kriggt he dat klaar, seggt he, denn so gifft dat nix, denn haalt he de Möller, un de Moehl ward tonicht maakt, dar blifft nix vun na.

To Nacht kümmt de Düvel wedder, de Möller schall em sin eerste Upgaav stellen. Wieldes hett de Möller söss Sack Havergrütt un söss Sack Gassengrütt tohopen-mengeleert, de schall de Düvel nu uteneen kleien. Do kriggt de Düvel de Hupen so'n beten utenanner, hollt sik dat linke Näsenlock to un puust't dar rin mit dat rechte, un do scheeden sik Havergrütt un Gassengrütt vun'een, reiner geiht dat nich.

För de tweete Avend hett de Möller dree Slag'en tohopenmengeleert, Havergrütt, Gassengrütt un Roggenschroot. Do kümmt de Düvel, puust' dar eerst rin mit dat linke, denn mit dat rechte Näsenlock, un allens is allerbest scheed't. So, grient de Düvel, nu mutt he blots noch een Upgaav knacken.

Do weet sik de Möller keen Raat mehr. De drütte Avend kümmt, un he is ganz gresig topass. Vör Bangen kriggt he bannige Lievkniepen, he weet sik vör Wehdaag meist gar nich mehr to laten. De Düvel kümmt up'e Prick. He süht, wodennig de Möller sik hett in sin Wehdaag un freut sik arig. Do lett de Möller mit'nmal een lopen, richtig mit so'n lange Toon, un do röppt he de Düvel to, he schall em dar gau en Knütt rinmaken. Tschä, de Düvel kann anners ja allens, man dat kann he denn doch nich. Sodennig is he denn oeverdüvelt, un de Möller is rett'. Man de Düvel nix as to Perd un dat mit Schimpen un Schandeeren na dat neegste Dörp to, un do trakteert he dat Perd sodennig, dat haut ut un haut sodennig gegen de Scheedsteen, dar blifft en Hoofiesen in sitten. Dat Hoofiesen in'e Steen heff ik as Jung noch sülven sehn.

De dree Drakenfeddern

In en Holt hett mal en Slott stahn, dat is verhext we'n. Dar hebben dree Königsdöchter un en Königssoehn in wahnt, de sünd uck verwünscht we'n, un uck all de Deeners un all de Deerten. Se hebben blots erlöst warrn kunnt vun en junge Mann, de noch nie nich wat hatt hett mit en Fruunsminsch. Is dat bi een nich so, denn ward dat nix mit dat Erlösen, un denn mutt he dootblieven. En Barg junge Lüüd hebben dat versöcht un hebben se's Leven tosett.

Do verbiestert sik mal en Jung in't Holt, un toletzt, he is al ganz af un hungerig, do finnt he dat Slott. He ja rin. Binnen is dat allens still, as utstorven. He geiht rin in de eerste Stuuv. Do is dar nix in as en Disch, dar is en beten Broot up, en Buddel mit Wien un en Glas. He hett ja Hunger un Dörst, un so schenkt he sik en Glas Wien in un drinkt dat ut. Man foorts is de Buddel wedder so vull, as 'n we'n is, und dat ümmer wedder, so faken he sik uck en Glas inschenken deit. Do geiht he in'e tweete Stuuv. Dar is dat allens al vel smucker, un dar steiht en Disch mit feine Eten. Do itt he darvun, man so vel he uck eten mag, dar blifft ümmer jüst so vel na as dar we'n is. Vun'e tweete Stuuv kümmt he in'e drütte, vun dar in'e veerte, ut'e veerte in'e föffte, un vun dar in'e sösste. Vun'e sösste Stuuv geiht dar en Trepp na nedden in en Stuuv ünner de Eerde. Dar sitten dree Königsdöchter in in en halve Krink, de sünd all dree smuck, man de in'e Mitt is de smuckste. In en Kamer blangenbi sitt de Königssoehn.

Do fraagt de Jung de dree Jumfern, wat se dar maken. Dat eerste un tweete Mal kriggt he keen Antwoort, man as he dat drütte Mal fraagt, do maakt de in'e Mitt de Mund up un seggt, se sünd verwünscht, man he kann se erlösen. He schall na de Glasbarg gahn, seggt se, dar steiht en Slott up, dar huust en gresige Draak in. Wenn he dar henkümmt, seggt se, denn so slöppt de Draak, un en Fruensminsch is bi un lusen em. Dree Daag ach-ter'nanner mutt he na de Glasbarg gahn un elkeen Mal en Fedder vun'e Draak halen. He schall sik man en heemliche Stä' henstellen, seggt se, de Fruu gifft em denn al de Fedder. In'e Nacht kamen denn uck noch Katten, seggt se, de warrn em bös toschannen klei'n, man he ward elkeen Mal wedder heelt, he schall dat man allens gedüllig uthollen.

He geiht na de Glasbarg, un so as de Jumfer seggt hett, de Draak, de slöppt. Sin Kopp liggt bi en Fruensminsch up'e Schoot, de is bi un lusen em. He fraagt de Fruu, um he is up'e Glasbarg. Ja, seggt se, dat is he. Do seggt he, he is kamen, he will de dree Prinzessinnen erlösen. He schall man ünner dat Bett krupen, seggt se, dat de Draak em nich süht, anners, wenn he em wies ward, denn so ritt he em Stücken un fritt em up. He deit dat, un do ritt se de Draak en Fedder ut un smitt de ünner't Bett. Do ward de Draak waak, un ward dull un ward ja losbölken. He fraagt de Fruu, wokeen dar is, he kann Minschenfleesch rüken, seggt he, dat mutt he hebben. Nee, seggt se, dar is keen Minsch, un se begööscht em.

As de Draak wedder fast slapen deit, do gifft de Fruu de Jung ünner't Bett en Teeken, un do kümmt he ünner dat Bett rut un glitt sik gau af. Mit de Fedder maakt he nu, dat he na dat verhexte Slott henkümmt, un dar mutt he alleen in en Kamer slapen.

De neegste Dag geiht he wedder na de Glasbarg un haalt de tweete Fedder, un de drütte Dag jüst so. Man dat letzte Mal ward de Draak em wies, as he al halv de Barg dal is, un do he ja achter em her un Füer na em spütt. Man de Jung kümmt glücklich dal vun'e Barg, un do kann de Draak em nix mehr doon.

Ümmer wenn he mit en Fedder vun'e Draak in dat ver-hexte Slott t'rüggkamen is un hett sik dalleggt in sin Kamer, denn kamen in'e Nacht twüschen Klock ölben un Klock twölf wecke Katten, in'e eerste Nacht twölf, in'e tweete veeruntwintig, in'e drütte sössundörtig. De rieten em ut't Bett rut, bieten un klei'n em ganz gresig, ja, se rieten em ganze Stücken ut't Lief. Man he hollt dat allens gedüllig ut. Klock twölf sünd de Katten, batz! weg. Un denn kümmt dar en ole Fruu – man dat is een vun de dree Jumfern – de seggt nix, se bedüüdt em, he schall sik up en Stohl setten, denn smeert se sin Wunnen in mit Salv un sett allens wedder tohopen, wat de Katten tweireten hebben.

As he de drütte Fedder bröcht un de Katten oeverstahn hett, do mutt he in de Kamer mit de dree Königsdöchter kamen. Do seggt de in'e Mitt to em, se sünd noch nich ganz erlöst, eerst mutt se noch baden; man he schall jo un jo nich nieschierig we'n un ehr bi't Baden tokieken, anners ward dar nix vun. Se geiht denn in en Kamer rin, dar will se baden. Man he kann sin Nieschier nich betähmen, he geiht na de Dör un kickt dör't Sloetellock. De Prinzessin ward em ja foorts wies, un do ward se weenen un jammern. Nu is dat noch leeger, seggt se, as ehrdem. Nu kann he se bloots noch erlösen, seggt se, wenn he söss Jahr lang elkeen Dag middags na de un de Diek geiht. Dar swümmen denn dree Enten up, un na de in'e Mitt schall he schöten. Drapen ward he 'n nich, seggt se, man wenn dat sösste Jahr kamen is, seggt se, denn schall he sik tohopennehmen un jo un jo drapen.

Do geiht he denn fiev Jahr lang Dag för Dag na de dare Diek un schütt na de Enten, man drapen deit he nich. Man as vun dat sösste Jahr en Viddeljahr rum is, do klappt dat, un he dröppt de Ent in'e Mitt. Foorts sünd se all dree verswunnen, man as he na dat verhexte Slott trügg geiht, do kamen em de dree Jumfern al up halve Weg in smucke Kleeder in'e Mööt un gahn rin mit em. Do is dar allens anners; de Deeners sünd all wedder waak wurrn; up'e Hoff un in'e Stall sünd de Höhner, Duven un Göös, de Hünne, Köh un Perde, all dat Veh is

wedder lebennig wurrn. Nich lang', do maakt de Jung
Hochtied mit de Prinzessin in'e Mitt. He ward König un
se ward Königin, un do hebben de beiden noch lang'
glücklich un tofreden mit'nanner levt.

Ebenfalls bei BoD – Books on Demand erschienen:

Klaus-Peter Asmussen:
De Deern in'e Appel
un anner Märkens
ISBN 978-3-8391-4806-8
6,80 €

Klaus-Peter Asmussen:
De Jung, de vör dat Meerwief utneiht is
un anner Märkens,
ISBN 978-3-7412-9093-0
6,80 €